# 転生したけど、王子（婚約者）は諦めようと思う



鬼頭香月

*illustration* 緒花

ICHIJINSHA IRIS NEO

CONTENTS

この作品はフィクションです。
実際の人物・団体・事件などには関係ありません。

# 転生したけど、王子（婚約者）は諦めようと思う

# 一章　公爵令嬢　1

ノイン王国宰相・ザリエル公爵には、一人娘がいる。

銀色の髪にアメジストのような澄んだ瞳《ひとみ》を持つ、美しい娘だ。高すぎない鼻に、形よい珊瑚《さんご》の唇、染《し》み一つない無垢《むく》な肌、家人によって磨き上げられる爪《つめ》は優美であり、その所作は見た者が溜息《ためいき》を零《こぼ》すほどに洗練された、完璧《かんぺき》なる淑女である。

誰《だれ》もが目を奪われる美少女・クリスティーナは、当然のごとく、ノイン王国王太子・アルベルトの婚約者だった。

素通りなどできない恵まれた長身、軍部にて鍛え上げられた立派な体躯《たいく》が夜会の衣装を身に着ければ、見事な美丈夫となる。襟足で整えられた、漆黒の艶《つや》やかな髪。意志の強そうな眉《まゆ》に、爽《さわ》やかな黒曜石の瞳。高い鼻の下では、本日も穏やかなアルカイックスマイルが形成され、彼を囲む令嬢たちに平等に笑みを返している。

幼い頃《ころ》からの友人たちに囲まれて、談笑をしている風を装いながら、クリスティーナはちらちらとアルベルトを眺めていた。

アルベルトの婚約者になったのは、七歳の時だ。王子が十歳になるのを機に、ごく自然に婚約者として宛がわれた。

初めて彼に会った時は、大人《おとな》びた男の子だと思った。いつも穏やかに微笑《ほほえ》み、クリスティーナの他愛ない、友人との会話や、流行のお菓子、好きな髪飾りや宝石の話を嫌な顔一つせず聞いてくれる。

一緒に庭を回れば、些細《ささい》な段差でも手を差し伸べてくれるし、ちょっと我が儘《まま》を言うと、困った顔をするけれど、笑って許してくれた。王子の予定を確認もせずに、突然王宮を訪ねたり、反対に、予定も聞かずに週末はお家に遊びに来て、とおねだりしたりもした。すると、その度彼は、困った顔をしながら、答えを迷うのだ。傷つけないように答えを探す、その優しさがたまらなく好きで、必要もないのに、我が儘に振る舞った。

過ぎた態度だと自覚していたけれど、クリスティーナは、婚約者なのだから許されて当然だと思っていた。何より、大人びた、包容力のある彼が大好きで、そんな彼が将来、自分のものになると思うと、浮かれてしまってしょうがなかった。

だって――すごく好きになってしまったのだもの。

クリスティーナはそっと溜息を落とす。

十四歳になって、社交界デビューを済ませると、クリスティーナは直《す》ぐに派手な化粧と、露出の多いドレスを好むようになった。軍部の訓練に参加するようになった彼は、どんどん大人びた、格好いい素敵な男性に成長していくばかりで、少しでも追いつきたかったのだ。

胸元を強調したドレスを初めて見せた日、彼は明らかに、たじろいでいた。いつもと違う派手な化粧も、ドレスも、綺麗《きれい》にできたと思っていたのに、彼はふいと視線を逸《そ》らした後、作り物の笑顔を向けてきたのだ。

そこから、彼の態度は変わっていった。次第に王宮に呼ばれる機会を減らされていき、それまでの誕生日は、いつも公爵邸に足を運んでくれていたにもかかわらず、十五歳の誕生日は、多忙を理由に贈り物だけが家に届いた。


十五歳の誕生日――アルベルトの不在を除けば、クリスティーナは充実した一日を過ごしていた。

昼間には友人たちを招いて盛大なパーティーを開き、夜は家族だけでディナーの予定だった。

パーティーとディナーの間の空き時間、クリスティーナは自分の部屋に向かった。アルベルトからの贈り物を確認しようと思ったのだ。執事に言われた通り、窓辺の円卓の上に、ピンクの薔薇《ばら》の花束と、丸い筒形の箱を見つけた。

いそいそと机の前まで移動して、可愛《かわい》らしいストライプ模様の箱を開き、クリスティーナは頬《ほお》をほころばせる。

――可愛い。

白いレースと鳥の羽、ルビーとダイヤをちりばめた、ピンクの薔薇の髪飾りだ。

アルベルトからの贈り物は、どれもセンスがよくて、何かを贈られるたびクリスティーナは幸せな気持ちになった。どんなドレスに似合うかしらと考えたクリスティーナは、ふと顔を上げる。違和感があった。もう一度髪飾りを見下ろし、どこかで見たことがあるわ、と思う。新作として宣伝用に見せられたものではない。もっと別の場所で見たと、何故《なぜ》か思ったのだ。

どこで見たのかしら、と考えようとしたクリスティーナの視界を、突然、稲光が走り抜けた。外は晴天で、雨など降ってもいない。

稲光が走ったのは、クリスティーナの瞳の中、そして脳内だけだった。

同時に、脳裏を無数の映像が流れていった。

最初に見えたのは、黒髪の女性だった。人一人《ひとひとり》がようやく確認できる、細長い姿見に、見覚えのない女性が映り込んでいる。肩に届く程度のボブヘアーに、アーモンド形の瞳。鏡の中の彼女は、無感動に自分を見返し、髪を払った。その感触に、クリスティーナは驚いた。自分の髪質によく似た、すべらかな感触を感じたのだ。

クリスティーナは瞬《まばた》きを繰り返したが、目の前にあったはずの髪飾りも、机も見られなかった。瞳は強制的に、黒髪の女性の目を通して、別の世界を眺めさせられ続けた。

彼女が向かった先は、小さな板張りの部屋だ。部屋には、これまた小さな円形の絨毯《じゅうたん》が敷かれていて、彼女はその上に座り込む。目の前に、黒い台に載った、四角い箱があった。

絨毯に座り込んだ彼女は、何気なく、傍らにあった机の上に手を伸ばす。細長いその箱は――リモコンだ。

知らないはずの物の名前が、勝手に変換される。

違う人なのに、クリスティーナは今、彼女自身だった。

クリスティーナは、リモコンで目の前にある四角い箱――テレビのスイッチを入れた。そして身を乗り出し、テレビ台の下に置いていたゲーム機の電源を入れる。

テレビから流れ始めた音楽は、胸を高鳴らせた。美しい男性たちの映像が次々と流れていくのを眺めるうちに、頬がほころんだ。

『――そろそろ、王子様落とせるかな！』

「ひ……っ」

思わず悲鳴を上げると、ばちりと、女性との連動は途絶えた。瞳は、クリスティーナが生きている世界を問題なく映し込んだ。クリスティーナの全身は、堪《こら》えようもなく、がたがたと震える。

「うそ………」

声が泣き出しそうに揺れた。

「お嬢様……？　まあ、お嬢様」

ソファの傍《そば》の机に、花瓶を置いてくれていた侍女が、こちらを見るなり、駆け寄って来る。しかし、彼女を気に掛ける余裕はなかった。

――絶望だわ……。

震える指先で、愛《いと》しい王子から贈られてきた、髪飾りに触れる。

クリスティーナは、自分が生きているこの世界がどこなのか、たった今、知ってしまった。

しがない平民だった女の子が、主人公の世界だ。少女は唯一の肉親だった母親を亡くし、路頭に迷う。しかし、少女の母親を密《ひそ》かに愛していたシェーンハウゼン侯爵に声をかけられ、幸運にも養子に迎え入れられた。だが庶民だった少女にとって、貴族社会は茨《いばら》の園。刺々《とげとげ》しい社交界へ身を投じ、成長しながら恋を見つける、乙女《おとめ》のための恋愛シミュレーションゲーム――『クララと七色の宝石』。

そのゲームの世界が、今、クリスティーナが生きている世界だった――。

白昼夢でも見たのだろうと、思い込むのは不可能だ。

今、目の前にあるこの髪飾りは、ゲーム内の登場人物の、自慢の品――。

恋愛シミュレーションゲームにおいて、必要不可欠な、役柄。数多《あまた》の美青年の中から、恋する相手を選び、挑戦していく主人公の恋敵役――それが、クリスティーナなのだった。

嬉々《きき》としてゲームをプレイしていた女性の記憶が、脳裏を過《よぎ》る。

クリスティーナは美人だが、我が儘で高飛車、更に意地が悪かった。誰にも見つからないよう、他人を動かして、主人公への嫌がらせを繰り返し、お目当ての男性とイベントを発生させる直前には、毎回、邪魔をしに来る。

クリスティーナは、異世界でそのゲームをプレイしていた女性の記憶を、断片的に引き継いでしまっていた。

彼女は、仕事を終え、外で夕飯をとり、帰るなり、ストレス発散のために恋愛シミュレーションゲームをしていた。そこだけが鮮明で、名前や家族、年齢などは分からない。その後もどんな人生を送ったのか、靄《もや》の中に隠されているように、思い出せない。ただ鮮明に、その異世界でプレイされていたゲームの内容だけが、脳内に焼き付けられた。

ゲームの世界は七通り。その全《すべ》てで、公爵令嬢・クリスティーナは、邪魔者として登場した。なぜなら、主人公が攻略しようとする男性を、彼女も好きになるからだ。

つまり――クリスティーナが今現在、王太子のアルベルトを好きである以上、これから登場するだろうクララも、アルベルトを好きになり、そしてゆくゆくはアルベルトの恋人になってしまうのだ。

主人公・クララと、アルベルトの恋路に邪魔だったクリスティーナは、実は腹黒かった王子によって、冷酷にもある夜会の最中に、破談を付きつけられる。

王子と踊ることになったクララに嫉妬《しっと》したクリスティーナは、赤いワインをクララにかけようとするのだ。だが機敏にそれを察した王子が彼女を庇《かば》い、公衆の面前でクリスティーナは王子の白い衣装を駄目にしてしまう。それを見た人々は、嫉妬に目が眩《くら》み、まともな判断もできない愚かな令嬢だと見切りをつけ、更に王子によって、君には失望したなんて言われて、泣きながら会場から逃亡する。

そこから行方《ゆくえ》知れずとなってしまった令嬢を、心優しいクララが心配して捜《さが》したところ、二年後に発見。郊外の街で、商人と恋に落ちて、一緒に暮らしていたクリスティーナは、過去の嫌がらせを詫《わ》び、クララと腹黒王子はめでたく結婚。皆でハッピーエンド。めでたし、めでたし。という、お優しい恋愛シミュレーションゲームだった。

残念ながら、バッドエンドには興味がなくて、プレイすらしていないけれど、王子に殺されたりするルートはなかったはずだ。よかったと思う一方で、クリスティーナの胸は、灼熱《しゃくねつ》の炎で焦がされる。名前も知らないどこかの商人と、自分がいずれハッピーになるなら、それも悪くないかもしれないけれど、今クリスティーナが好きなのはアルベルトだ。好きな人を目の前で横取りされて、喜べるはずがなかった。

しかし実際、誕生日に顔も見せてくれなくなった彼の心は、確実に離れていっている。

「………」

十五年目の誕生を祝福されたその日――クリスティーナは、己の人生の、最悪の結末を知ったのだった。

シェーンハウゼン侯爵が、十五歳になったところの少女を、養子に迎え入れたという話は、誕生日から数か月後、クリスティーナの耳にも入った。王宮の迎賓館で開かれる、『春宵《はるよい》の宴《うたげ》』という夜会でお披露目になるそうだ。噂《うわさ》好きの友人が、わざわざ教えてくれた。

賑《にぎ》やかな宴の一角で、友人たちと共におしゃべりをしていたクリスティーナの唇から、重たい溜息が零れる。

そう——今日《きょう》の夜会で、愛しのアルベルトは、主人公であるクララと出会い、一目で恋に落ちるのだ。

溜息が出ないはずがない。

「まあ、クリスティ。溜息なんて吐いてどうしたの？」

侯爵令嬢である友人のシンディが、小首を傾《かし》げた。今日の彼女は亜麻色の髪をハーフアップにして、左右で編んだ三つ編みを輪のようにして後頭部でまとめている。青いドレスは光沢のある生地で、とてもいい品だ。

その隣にいた、伯爵令嬢のエレーナが肩を竦《すく》めた。彼女は、こげ茶色の髪を背中に垂らし、右耳の上にゴージャスな髪飾りを差している。ドレスは燃えるような赤だ。

「どうせ、殿下が他《ほか》のご令嬢とお話をしているから、寂しがっているのよ」

クリスティーナの化粧は、十五歳の誕生日から華美なものではなく、淑《しと》やかに見える化粧に変わっていた。ドレスも扇情的なものはやめ、流行に沿っているけれど、楚々《そそ》としたものを選んできた。

今日は、クリーム色の清楚《せいそ》なドレスに、青い石のネックレス、真珠のイヤリングを着けてはいるが、髪は毛先を巻いただけで、飾りも着けず、ただ背中に流していた。

あまりやる気が出なかったのだ。

今日この日に、愛しい王子様を、クララというぽっと出の、社交界のなんたるかも知らない、ただの美少女に奪われるのだから。

――憎い！　憎くてたまらないわ……！

ハンカチを取り出して、歯噛《はが》みしたいくらいには悔《くや》しかった。

しかしそれを顔に出せるはずもなく、クリスティーナは、友人たちに弱々しく微笑んだ。

「だって殿下とは、私だってあまりお話しできないのよ……。やっぱり寂しいわ」

「まあ、クリスティったら。可愛いんだから」

「ほんとにね。それを殿下に直接言えばいいのに」

二人に茶化されながらも、クリスティーナの視線はやはり、アルベルトへ向かった。

夜会では、婚約者のエスコートとして入場をしても、それぞれの知人や有力貴族たちと顔を繋《つな》げる必要があるため、ずっと一緒というわけにはいかない。

公爵令嬢であるクリスティーナには、一曲目をアルベルトと踊った後は、他の殿方《とのがた》たちが我先にとダンスを求めてやって来る。アルベルトはあっさりとクリスティーナを他の男に譲り、色々な人と話をしていた。

――はあ……愛を感じないわ……。

当然、十五歳の時点で彼の興味はほぼゼロになっている。幼い頃から散々、我が儘に振る舞い、迷惑をかけてきた自覚があるだけに、今更アルベルトの心を取り戻せる自信は皆無だった。

クリスティーナは、アルベルトを想《おも》いながらも、異世界の自分がプレイしていたゲームに倣《なら》い、彼を諦めるしかない未来を受け入れていた。

邪魔立てなど、する気にもならない。

元来、公爵令嬢としてプライドが高いクリスティーナは、自分に興味を失った男に縋《すが》るような少女ではなかった。自分を求めないのなら、いらない。どうぞお好きにしてください――という体《てい》で、内心はどろどろと嫉妬の炎を燃やしている。そんな相反する想いを抱え込んだ、お年頃の少女なのだった。


夜会が始まって半時ほど経過した頃、クリスティーナは、件《くだん》のシェーンハウゼン侯爵を見つけた。

最初は知人らに娘を紹介していたのだろう。壮年の彼は、細面《ほそおもて》で、白髪交じりの茶色い髪を油で撫《な》でつけていた。グレーのスーツは、上質の生地を使っていると一目で分かる。気のよさそうな優しい顔は、どことなくアルベルトの雰囲気に似ていると思った。

彼の傍らに、怯《おび》えた子リスのように、おどおどしている少女がいる。

鮮やかな金色の髪、柳のような眉、快晴の空を思わせる青い瞳に、愛らしいピンクの唇。淡いピンク色のドレスを身に着けた彼女は、目立つ存在ではなかったけれど、一度見てしまえば、はっとするような愛らしい容姿の女の子だった。

クリスティーナたちがいる場所から、アルベルトのいる場所は遠くもなく、近くもない。耳をそばだてれば、辛うじて会話が聞こえる位置だ。

シェーンハウゼン侯爵が、アルベルトを囲む一団に加わり、目を向ける。視線を感じた彼は、顔を上げ、侯爵に優しい笑みを返した。

「これはシェーンハウゼン侯爵。お久しぶりですね」

何気ない一言でも、彼の声はよく聞こえた。どんな場所に居ても、クリスティーナの耳は、アルベルトの声を聞き逃さない。

七歳の時に出会い、直ぐに好きになり、十五歳になった今も愛してやまない王子様。その低く穏やかでいて、色香が滲《にじ》む声も、クリスティーナは大好きなのだった。

クリスティーナは、ぎゅっと唇を引き結ぶ。

シェーンハウゼン侯爵が挨拶《あいさつ》を返し、隣の娘を紹介するべく、少女の背中に手を置いた。

薄い化粧を施した無垢な顔。淡い愛らしいピンクのドレスは、その化粧にとても映えている。小さな白いレースと鳥の羽を使った、慎ましやかな髪飾りは、逆に彼女を清廉《せいれん》に見せた。金色の髪が、シャンデリアの照明を弾《はじ》き返して煌《きら》めき、微笑めば、青い瞳がキラキラと輝く。

アルベルトは彼女を見おろし、僅《わず》かに眉を上げた。これまでどんな相手にでもそつなく声を掛けていた彼は、初めて言葉を失った。

じっと、けれど嫌らしくない眼差《まなざ》しで、クララを見つめた彼は、ふわりと彼女に笑顔を向けた。

社交界でよく使う、作り物ではない、本当の笑顔を——。

くっと強張《こわば》った喉《のど》が鳴った。

「初めまして、クララ様……。そのように、ご不安そうなお顔をされずとも、大丈夫ですよ。……慣れぬこともあるでしょう。私でよければ、いつでもご相談に乗りますよ」

甘く、優しいアルベルトの言葉。王子が自ら相談に乗ると言葉にするなんて、破格の待遇だ。

もう、恋は始まっている。

戸惑った表情のクララと、蕩《とろ》ける笑みを浮かべるアルベルトを見ていられず、クリスティーナは背を向けた。

「……珍しいわね、殿下にしては」

「そうね……。クリスティ？　彼女、殿下とお知り合いだったりするの？」

クリスティーナの視線につられて、彼らの様子を眺めていた友人が、意外そうに話を振る。

友人には答えず、クリスティーナは目の前にある机を見下ろした。一口サイズの可愛らしいおつまみと、果汁を搾ったドリンク、そしてワインが並んでいる。

お酒は十六歳になってからと定められていたが、夜会などでは見て見ぬふりをするのが普通だった。父に淑女としての振る舞いを言い聞かせられてきたクリスティーナは、これまで一度も手を付けてこなかったけれど、今夜だけは許されると思った。

一足先に十六歳になっていたシンディとエレーナは、もうお酒のグラスを持ち、飲んでいる。クリスティーナは、斜め前にあった白ワインのグラスを取った。

「クリスティ?」

「あら、クリスティはまだ駄目よ」

友人たちの声など無視して、一口含む。意外にも飲み下したワインは甘く、嫌な感じはなかった。ほんのりと喉から胸にかけて熱くなる感じがしたが、飲めないわけではない。

――今日は、記念すべき私の失恋日なんだもの。

大好きだったアルベルト。今も大好きで、その腕の中に飛び込んで抱きしめてもらいたいくらいに切ないし、寂しい。

小さな頃からクリスティーナが泣けば抱きしめて、目尻《めじり》にキスをくれた素敵な王子様。だけどいつからか、彼はクリスティーナを抱きしめてくれなくなった。キスもしてくれなくなったし、視線も合わせてくれなくなっていった。

――こんなに、好きなのに……!

じわりと、目尻に涙が浮かんだ。それを隠すため、クリスティーナは瞳を閉じてワインをこくり、こくりと飲んだ。

二口飲み下した時、さわ、と背後の空気が揺れた気がした。

振り返りたくはなかった。もしかしたら、クララとアルベルトが、まだ談笑しているかもしれない。あの黒曜石のような美しい瞳に、クララ一人が映し込まれている様なんて、絶対に見たくない。

もう一口飲もうと、角度を上げたグラスを持つ手に、そっと誰かの手が触れた。

自分の手から、ワイングラスが奪われる。ワイングラスを奪った手のひらは、大きく、節ばった男の人のものだった。

瞬いて視線を上げると、斜め上に、愛しいアルベルトの顔がある。彼は、クリスティーナの背中に寄り添って立っていた。大きな彼の胸板によって、クリスティーナは会場側から隠された。

黒曜石の瞳は、どんな感情もなくクリスティーナを見下ろす。濡《ぬ》れたような漆黒の前髪が、ぱらりと垂れて彼の片目を覆った。

「何をしているの……？」

ぎくりと肩が強張る。アルベルトの声は、少し冷たかった。

未成年の立場で、お酒に手を出すなんて、淑女として間違えている。それは分かっていたけれど、でも、今日くらい許されたっていいじゃない。

唇を引き結び、俯《うつむ》いたクリスティーナは、はっと目を見開く。

ゲームの中ではもう少し先だったけれど、お話が狂って、飲酒を理由に、今日絶縁されるのだろうか。

——ひどい……。もう少しだけ、傍にいたかったのに……。

酒が入ったクリスティーナの頭は、冷静さを欠いた。狂おしい胸を押さえ、大好きな王子様を見上げる。彼の瞳は、自分を冷たく見下ろしているように見えた。涙が勝手に浮かび上がる。アルベルトがぎょっとしたのにも気付かず、クリスティーナは視線を落とす。

「だって……だって……っ」

涼やかなクリスティーナの声は、酒のせいで、甘えた、ただ愛らしいばかりのものとなっていた。あなたが他の女の子に目を奪われる様に、嫉妬しただなんて、どうして言えよう。

アルベルトは溜息を落とす。びくりと体を震わせて見上げると、彼は漆黒の瞳をクリスティーナに注ぎながら、奪った酒を呷《あお》った。

「……っ」

酒を一気に飲むなんて、常にない、乱暴な仕草だ。

彼が言葉を吐くことすら恐ろしく、クリスティーナは口元を押さえ縮こまる。

飲み切ったグラスを机に置き、アルベルトは妖艶《ようえん》に濡れた自身の唇を舐《な》めとった。そして、ほんの僅か、口の端を上げる。

「悪い子だね、クリスティーナ。悪戯《いたずら》をしておいて、そんな顔をするなんて。わざとしているの？」

「………？」

クリスティーナには、彼の言わんとするところが分からなかった。潤んだ瞳はそのままに、小首を傾げ、上目づかいにただ見返す。

こく、とアルベルトの喉が鳴った。

「……あの、アルベルト様……」

怯えるクリスティーナの頬を撫で、アルベルトは嘆息する。

「こんな場所で……そういう顔をしないでくれ」

「――――！」

クリスティーナはショックのあまり、泣き出してしまいそうだった。夜会の場で、泣きそうな顔をするなんて、迷惑だと言われたと思ったのだ。

泣き顔が迷惑なら、泣いたら嫌われてしまう。

――だけど、もう……。

アメジストの美しい瞳には、もはや堪えようもないほど涙が浮かび、今にも零れ落ちそうだ。

アルベルトは片眉を下げた。

「……全く」

小さく文句を言って、彼はクリスティーナに顔を近づけた。

もうずいぶん長い間、キスなんてされていなかったクリスティーナは、きょとんと瞳を丸くする。

形よい唇が視界いっぱいに広がり、クリスティーナはぎゅっと目を閉じた。柔らかな唇の感触が、瞼《まぶた》に落ちる。

「え……」

驚いて目を開くと、零れ落ちそうになった涙を、もう一度口づけて吸い上げられた。

「え……？」

何が起こっているのか訳が分からず、彼の胸を押しやる。そこで、いつの間にか彼の腕の中に閉じ込められていたと気付いた。

アルベルトは、クリスティーナの抵抗など意に介さず、反対側の瞳にも口づけ、涙を吸い、自分を見下ろしてくる。

「泣き止《や》んだ？　どうしたの、君らしくない。お酒はまだ飲んでは駄目だよ、クリスティーナ」

かつて抱きしめてもらっていた時よりも、ずっと成長して大きくなった腕の中は、とても安心感のある場所だった。細かった腕は、いつの間にか筋肉で覆われ、がっしりとしている。押し返した胸も、かつてより厚く、そして何より、抵抗らしい抵抗もできない程、力の差ができていた。

鷹揚《おうよう》に微笑む彼の瞳をぽかんと見返し、その腕に包まれていると認識すると、クリスティーナの頬は、ぽっと染まった。

――素敵……アルベルト様。

クリスティーナの瞳が、先程までとは違う、別の意味で潤み出す。

成長した彼に、久しぶりに口づけを施され、更に抱擁までしてもらっている。

間近で見ると、その美しいお顔は、大人の色香が漂っていて、今にも取って食われそうな、ぞくぞくさせる怪しさがあった。

お酒を飲んで分別が若干怪しくなったクリスティーナは、久しぶりに、素直な感情を口にしていた。

「……お慕いしておりますわ、アルベルト様……」

アルベルトは、突然の告白に眉を上げ、苦笑した。

彼の背中に隠されて、クリスティーナが飲酒をしていた様は誰にも見られていなかったが、抱擁し、口づけるシーンは誰もが見守っていた。

間近で仲睦《なかむつ》まじい様を見ていた、クリスティーナの友人たちは、頬を染めてきゃっきゃと喜んでいる。

王子と婚約者の会話は、誰もが注目するものだった。衆人環視の中で告白された王子は、優しく笑んだ。

「ありがとう、クリスティーナ」

クリスティーナの心は、すう、と冷えた。

――やっぱり、アルベルト様の心は、もう私にはないのだわ……。

告白を受けても、想いは返さない。それが、彼の答えなのだ。

クリスティーナは、儚《はかな》く笑んだ。

## 2

王宮の茶会に呼ばれたのは、『春宵の宴』から二週間後のことだった。幼い頃から仲良くしてもらっている正妃様と、今年十三歳になる、アルベルトの妹――アンナに呼ばれたのだ。

薔薇園が最盛期だから是非にと言われれば、行かないわけにはいかない。

正妃様もアンナも、よくしてくれる人たちだった。本当の家族のように気の置けない会話ができるため、いつもなら、茶会はとても楽しい。

けれどクリスティーナの気持ちは、どんよりと曇っていた。

本日の茶会が、ゲームイベントの一幕となるだろうことを、知っていたからだ。

薔薇園の北側に、西の塔と中央塔を繋ぐ、外回廊がある。その回廊を挟んだ向こう側の、湖が見える庭園を、アルベルトと彼の友人・侯爵家のエミール、そしてエミールに誘われたクララが散策しているのだ。

――見たくない。

けれどゲーム内のクリスティーナは彼らを見つけ、クララを誘って薔薇園を案内し、偶然を装いドレスに紅茶をかける。動転したクララに、優しく微笑み、ご帰宅を促すのだ。

王宮へ向かう馬車の中で、クリスティーナは眉根《まゆね》を寄せ、唇を押さえた。

――ああ、嫌。紅茶をかける前に、アルベルト様がクララと話しているのを見るだけでも嫌。きっと私、泣いちゃうわ……！

既に涙目のクリスティーナを、供について来た侍女が訝《いぶか》しく見つめていることにも、本人は気付いていなかった。


王宮の西園――通称・薔薇園まで案内されたクリスティーナは、鬱々《うつうつ》と地面に落としていた視線を持ち上げた。

豊かな漆黒の髪に緩やかなウェーブをかけ、背中に流している美女が、薔薇園の中央に立っている。アルベルトとよく似た切れ長の瞳は、彼女が彼の母であることを如実に表していた。

正妃様は本日も見目麗しく、穏やかに微笑んだ。傍らの円卓には、茶菓子が並んでおり、侍女がカートで茶の用意をしている。

既に席についていたアンナが、気安く手を振った。

「あ、クリス姉様！　やっと来たぁ。今日は少し遅かったのじゃなくって？」

クリスティーナは、自分を立って出迎えてくれている正妃様の手前、アンナに最初に挨拶を返すわけにもいかず、彼女にはにっこりと笑み、次いで正妃様に挨拶をする。

「本日は、ご招待いただき、ありがとうございます。お招きの時間よりも遅れまして、大変申し訳ございません……」

つい行きたくなくて、身支度に取り掛かるのが遅れてしまった。正妃様は一瞬眉を上げたけれど、直ぐに柔らかな笑顔を浮かべた。

「いいのですよ、クリスティーナ。遅れたという程の時間ではありません。アンナがきちんと挨拶をしないほうが、ずっと失礼です。さあ、お話をしましょうね……」

きらり、と鋭い眼差しを向けられたアンナは、口を尖《とが》らせる。

「なによお。いいじゃない、どうせ家族になるんだから！　お姉様に会うたび畏《かしこ》まったご挨拶なんて、そっちのほうがこそばゆくっていけないわ！」

侍女がローズの香りがする紅茶を並べていく。いつもなら、王家の家族として扱ってもらえた喜びに、頬がほころぶ場面だ。しかし今のクリスティーナには、針で胸を刺されたような鋭い痛みを与えた。

——苦しい。

クリスティーナは、アンナの向かいに座り、首を垂れる。

「……懐深いお言葉、ありがとうございます、アンナ様。ですが私はまだ婚約者というだけ。どうぞ一般貴族と同様にお考えくださいまし」

アルベルトが婚約者をクララに変えた後、家族同様に扱うわけにいかなくなって、気まずい雰囲気になるくらいなら、今、訂正しておいたほうがいい。

アンナはきょとんとして、首を傾げた。

「どうしたの？　お兄様と喧嘩《けんか》した？」

普段はそのまま受け入れていた扱いを、突然訂正したら、おかしく思って当然だ。クリスティーナは、感情とは裏腹に、何てことはない笑顔を浮かべた。

「いいえ、そんな。殿下にはいつも、お優しく、していただいております。ただ身分不相応であると、気付いただけですわ」

「ええ〜。今更お姉様のこと、公爵家ご令嬢として見るなんて無理よ。いいじゃない。将来、本当のお姉様になってくれるのでしょう？　それともお兄様なんて嫌になった？」

ずきり、と胸が重く痛んだ。

——嫌になるのは、私ではなくて、アルベルト様のほう……。

クリスティーナは、弱々しく首を振る。

「いいえ……。殿下は、私になど、勿体《もったい》ないほど素敵な方ですもの……嫌になんて……」

——なるはずがない。ずっと好きなのだもの。

優しい声、自分にだけ向けられる笑顔。他愛ない悪戯をすれば困った顔で、それでも笑ってくれて、時々素敵な景色の場所に連れて行って、キスをしてくれる。そんな素敵な王子様を、誰が嫌いになるのだろう。

これからは、あの笑顔も、優しい仕草も、素敵なデートも、上手なキスも、全部クララに与えられるのだ。

——嫌だなあ……。

クリスティーナは、しょんぼりと俯き、いい香りがする紅茶を一口飲む。

おっとりとクリスティーナを見ていた正妃様が、口を開いた。

「今日は元気がないわね、クリスティーナ。可愛い娘が悲しそうな顔をしていたら、お母様はとっても心配だわ。悩み事があるのなら、おっしゃいなさい」

「……っ」

その、完全なる母親としての言葉に、クリスティーナの頬が赤く染まった。正妃様はクリスティーナの主張をあっさりと拒み、自分もクリスティーナを娘として考えていると明言したのだ。

アンナが嬉《うれ》しそうに破願する。

「そうよ、悩みがあるならおっしゃって、お姉様！」

「い、いいえ……そんな。勿体ないお言葉ですわ……」

言葉を濁すと、アンナは頬杖《ほおづえ》をついた。言っても聞かないので、お行儀が悪いとは、もう誰も言わない。

「ああ、もしかしてあの人のことかな。侯爵家の養子になったたっていう」

顔には出さなかったが、臓腑《ぞうふ》が冷えた。正妃様が顔を上げる。

「どなたのお話をしているの？」

「えっと……たしかシェーンハウゼン侯爵の養子になったたっていうご令嬢が、とてもお美しい方だそうなの。私、まだ夜会には出ていないけれど、お友達の皆さんの中でも有名でね。お兄様が、ご助力を申し出たって」

ぴくりと正妃様の眉が跳ね、クリスティーナは苦笑した。

「どのような経緯なのかしら？」

実際に夜会に出ていないアンナに答えられるはずもなく、クリスティーナが応じる。

「大したことではございません。シェーンハウゼン侯爵家のご令嬢は、つい最近、養子に迎えられたそうで、夜会には先日が初めてのご出席だったようです。……そのご挨拶の際に、殿下が心広く、いつでもご相談に乗るとおっしゃっただけです」

思い出すだけでも、腸《はらわた》が煮えくり返る。

――どうして私が、恋敵をフォローしなくちゃいけないの……。

自分の立場と、彼女を恨みそうになったクリスティーナは、しかし、胸の内で首を振った。

――いいえ、全てアルベルト様のため。

愛しい人が、恋した相手と幸福になるのは、きっと一番いいことだ。好きでもなくなった婚約者と嫌々結婚するなんて、アルベルトが可哀想《かわいそう》だ。

――そうよ。アルベルト様は、私が嫌になるのよ……。

アルベルトただ一人を想い続けてきたクリスティーナは、切なく瞳を潤ませる。

「そうですか……。あの子にしては、浅慮《せんりよ》な言葉ですね……」

何か思案するような声で、正妃様は正面を――外回廊を挟んだ向こう側にある、庭園を見た。

つられて目を向けると、ちょうど、湖の方に向かうアルベルトの後ろ姿が見えた。その隣に赤銅色の髪の青年がいる。友人のエミールだろう。

アンナがいいことを思いついた、という声を上げた。

「あ、お兄様じゃない！　ねえ、クリス姉様、行ってらっしゃいよ！　せっかくですもの、愛しい婚約者が突然現れたら、お兄様もお喜びになるわ！」

「……そんな」

湖の見える庭園に行くと、アルベルトとクララが仲睦まじく散策をしている場面に遭遇する。絶対に見たくない。

だが正妃様も、提案に乗った。

「そうね、行ってらっしゃい。文句の一つでも言ってきてよろしいですよ」

「……いえ……その……」

正妃様と、王女様の二人に勧められて、拒絶できる人間はいない。

――ああ、こうして運命に揉《も》まれるのね……。

クリスティーナは絶望的になりながらも、頷《うなず》くほかなかった。


薫り高い花が咲き乱れている薔薇園を横切り、外回廊を通り抜けて、湖の見える庭園に向かったクリスティーナは、すぐに彼らを見つけた。

光が乱反射する湖。その湖畔をゆったりと歩きながら談笑する、美丈夫・アルベルトと、光を反射させる豊かなブロンドヘアーの美少女。二人に遠慮して、ここまで乗ってきた馬を戻しに行くエミールの後ろ姿。

アルベルトは、とても優しい眼差しで彼女を見つめていた。クララの瞳は、もう恋する乙女そのものので、きらきらと輝き、一心にこの国の王子を見つめている。

——見るだけでも泣きそうだなんて、私ったら、どうしてこんなに弱くなったのかしら。

ほんの少し前までは、勝気で自由奔放なお嬢様だったのに。

アルベルトが自分のことを好きじゃないのかもしれない、と気付いた十五歳の誕生日。そして異世界の記憶を得た後に、絶望した自分。そこから、全てが変わってしまった。

大声で泣き叫びたい。

神様は、なんて意地悪なの——。

こんなに彼を好きになる前に、教えてくれたらよかったのに。

クララを見つめていたアルベルトが、ふと顔を上げそうになる気配を察し、クリスティーナは咄嗟《とっさ》に踵《きびす》を返した。

ここで鉢合わせをしてしまったら、二人に嫌味の一つも言ってしまいたくなる。

『王宮とはいえ、婚約者同士でもない男女が、二人だけで過ごすものではありませんわ』

——なんて、あのストーリーと同じセリフは吐きたくなかった。

ストーリーの上では、クリスティーナが二人を責めると、アルベルトが僅かに眉を寄せて、友人のエミールも一緒だと言い、クララが慌てて謝罪する。それで納得したように見せかけて、クララを薔薇園に誘い、偶然を装って紅茶をかける。

——そんな真似《まね》ができたら、いっそ清々《すがすが》しいでしょうね。

クリスティーナは、淡々とした眼差しで、彼らには目もくれず薔薇園へ向かった。

愛しい人を奪われるのが、どんなに苦しくて、悔しいか、あの無垢な顔をした少女は知らない。何も知らない、あどけない笑顔で、私の大切な人を奪う女《ひと》――。

方々に根回しして、嫌がらせの一つでもしたくなる。けれど、それだけは絶対にしない。彼の恋路を邪魔するのは、矜持《きょうじ》が許さない。

私を選ばない男なんて――いらない。

「――クリスティーナ……？」

微《かす》かに、自分を呼ぶ声が背後から聞こえた。けれどクリスティーナは、聞こえない素振りで、足早に薔薇園へ向かった。

――知らない。ストーリー通りになんて、演じてあげない。クララが欲しいなら、自分で努力して。

嫉妬と、苛立《いらだ》ちでまみれたクリスティーナは、一度だけ視線を背後に向けた。

何の気なしに自分を呼んだ表情の、彼。その隣に立つ少女の頬は、楽しい会話をしていた証拠に、上気している。

――私には、貴方《あなた》なんていらない。

クリスティーナは、ぎり、と鋭い眼差しを投げつけた。他の誰でもない、アルベルトに向かって。

悪いのは、クララじゃない。悪いのは、心変わりした貴方――。

アルベルトが目を見開いた。ほんの少し溜飲《りゅういん》を下げ、クリスティーナは再び踵を返すと、何も言わずその場を去った。

薔薇園の中央では、正妃様とアンナがのんびりお茶を飲んでいる。足早に戻ってきたクリスティーナを見て、正妃様が眉を上げた。

「あら、クリスティーナ。あの子とは……」

正妃様の言葉は、最後まで聞けなかった。背後から、鈴の音を転がすような、高い声がかけられたからだ。

「クリスティーナ様……！」

彼女の声は可愛らしかったが、とても大きかった。王宮内で大声を上げるなんて、常識外れだ。近衛兵が何事かと動いてしまう。

あり得ない大きな声を聞いたアンナが、反射的に肩を竦めた。

クリスティーナは、体全体で彼女を振り返り、ゆったりと見返す。そうすることで、どのような振る舞いをするべきか察するだろうと思ったのだ。

だがクララは、愛らしくも慌てた様子で、両手を胸の前で拳《こぶし》にして、一生懸命に言い募った。

「あの、違うのです、クリスティーナ様……！　先程は、アルベルト様と二人きりで歩いていましたが、決してやましいことは何もなくて……！」

――なんてことを大声で言うの……。

クリスティーナは、眩暈《めまい》を覚えそうだった。大声で、自分が王子と二人きりだったと宣言するなんて、クリスティーナへ挑戦しているとしか思えない。

その証拠に、アンナが立ち上がった。

「どういうことですの？」

声を掛けられてやっと、彼女はこの場に正妃様と王女がいると気付いた。驚いた顔で、口元を手のひらで押さえ、肩を小さくする。

「あ、いえ……。その、偶然、私とアルベルト殿下が二人でいるところを、クリスティーナ様がご覧になって……。私を睨《にら》んで、とても怒っていらっしゃったようなので、事の次第をお伝えしなくてはと……っ！」

――貴方を睨んだつもりじゃなかったのだけれど。

そんな言い方をされると、クリスティーナが鬼のようだ。クララに罪などないのに、勝手にアルベルトと一緒にいたというだけで激怒した、狭量《きょうりょう》な人間に聞こえる。

正妃様とアンナが驚いた顔でクリスティーナを見た。

――これが、運命の歯車というものなのかしら……。

冷えた気持ちで状況を眺めていたクリスティーナは、とりあえず正直に首を振った。

「私は、貴方を睨んだつもりはありませんわ。ご安心なさって。けれどもう少しだけ、お声を小さくしていただける？　ここは王宮で、大きな声を上げると、兵たちが緊張するわ」

クララは何故か、びくっと体を強張らせて、恐ろしいものでも見たような顔をする。

確かに機嫌は最悪だし、彼女に嫉妬もしている。笑顔になれはしなかったけれど、そんなに怖かったかしら、と首を傾げた。

すると彼女は、貧血でも起こしたのか、ふらふらと足元を彷徨《さまよ》わせ、円卓にぶつかった。かちゃん、と音を立てて、クリスティーナが一口飲んだだけの紅茶が零れる。

薄青色のドレスに、紅茶が全て注がれた。無残に濡れたドレスを見て、クララは悲鳴を上げる。

「きゃあああ！」

傍に立っていたクリスティーナは、彼女が驚いた拍子にカップが地に落ちそうになったのを、咄嗟に止めた。何とか石の床に落ちることなく、茶器を掴《つか》んだクリスティーナは、近づいて来た足音に顔を上げげた。

アルベルトとエミールが連れ立ってこちらへ歩いて来ていた。二人はドレスが汚れて慌てふためいているクララと、茶器を持っているクリスティーナを交互に見る。

エミールが眉根を寄せた。

「クリスティーナ様……？」

クリスティーナは眉を上げた。横でクララが喚《わめ》いている。

「ああ……！　こんな姿では、殿下の前に居られません……っ」

空の茶器を持つ自分は、いかにもクララに茶をかけた当人に見えることだろう。だがここで言い訳をするのは癪《しゃく》だ。事態の前後を確認せず、クリスティーナがクララを苛《いじ》めたと判断するなら、すればいいのだ。

カップを机の上に戻すと、侍女がさっと手巾で濡れた手を拭《ふ》こうとした。

クリスティーナはそれを押さえ、侍女に目配せをする。私ではなく、クララを手伝ってほしい――と。

侍女にとっては、突然現れて大声で喚き散らした挙句、勝手に紅茶を被《かぶ》った少女を助けるよりも、長く付き合いのあるクリスティーナの手の汚れのほうが気になったのだろう。侍女はクリスティーナに頭を下げ、クララの傍へ移動した。

「……お嬢様、一先《ひとま》ずこちらへ……」

ドレスを着替えさせるため、館《やかた》へ案内していく。王妃様とアンナは、王宮ではあり得ない大きな声を一方的に聞くばかりだったため、ぼんやりしていた。

エミールがクリスティーナに疑わしげな目を向けた。

「何があったのですか……？」

その目は、まさか茶をかけたのか、と尋ねている。

なんて失礼なの――と眼差しが冷えたものになりそうになったが、寸前で堪えた。自分は公爵令嬢だ。いついかなる場合も、優雅に、優美に振る舞わねばならない。

クリスティーナは、穏やかに微笑んだ。

「少し貧血を起こされたようですわ。ふらつかれた際に机に当たって、紅茶が零れたのです」

自己紹介も何もされていない以上、クララの名前を出すつもりはない。

「そうですか……。だけど、どうして茶器をお持ちだったのです？」

エミールも、既にクララの魅力に染まっているらしい。

普通の貴族令息であれば、追及などしない。疑わしいと思いながらも、表面上はにこやかに相手の言葉を受け入れるのが基本の所作だ。

クララは、一人の男性とのルートに入っても、勝手に周囲の男性が彼女に惚《ほ》れていくというキャラクターだった。

クリスティーナは笑顔を崩さずに、答える。

「カップが落ちそうだったので、掴んだのです。ご安心を。私はどんなことがあっても、女性に嫌がらせをするような、矜持のない人間ではございません」

言外に、たとえ嫉妬に狂ったとしても、嫌がらせなどするか、と言ってのければ、エミールだけでなく、その横で微笑みながら会話を聞いていた、アルベルトも目を見開いた。

その反応が気に入らず、アルベルトを睨みつける。彼は片眉を上げ、にやっと笑んだ。

「それにしては、私の婚約者殿は、随分とご立腹だ」

やはり疑われている。

アルベルトは、もうクリスティーナの知る、鷹揚で優しい婚約者ではないのだろう。

少し悲しくなりつつも、クリスティーナは彼から視線を逸らし、正妃様とアンナに向き直った。

「せっかくお誘いいただきましたのに、このような雰囲気にしてしまい、申し訳ございません」

正妃様がはっと我に返り、首を傾げる。

「クリスティーナ？」

ドレスを摘《っ》まみ、会釈をする。それだけで、クリスティーナの意向は伝わった。

「本日はこれで失礼いたします。またお会いできますのを、楽しみにしております」

王子であるアルベルトには目もくれず、クリスティーナはその場を辞した。

二度と会いたくもない、という気持ちを背中に乗せて。

# 3

運命って意地悪なものね。

クリスティーナは頬杖をつき、運命の神様に悪態をつく。

王宮の茶会では、嫌味を堪えたものの、結果的にはまるで、クリスティーナが嫉妬に目を眩ませて、クララのドレスを汚したような印象を与えて終わった。

王妃様もアンナも終始見ていたけれど、彼女たちがあの状態をより詳しく説明してくれる保証なんてない。

妙な期待を抱いて落ち込むよりも、悪く考えたほうが楽だ。

その証拠に、あれから一度もアルベルトから連絡はなく、一切交流はない。

茶会の後の一か月間は、クララとアルベルトが地道に逢瀬《おうせ》を重ね、好感度を上げていく期間だった。

王宮を訪ねて勉強をしたり、会話の選択肢を間違えなければ、偶然街で顔を合わせてショートデートをしたりできる。

好感度が上がれば、アルベルトから贈り物が始まり、流行のお菓子や、花束、果ては宝石に至るまで貢《みつ》がれていく。

ゲーム内では、デートできないようにクリスティーナが手を回して、クララの馬車を動けなくしたり、王宮内で会えなくするため、同日に王子を訪ねたりする展開だったが、当然そんな真似はしなかった。

したところで、動かなくなった馬車の代わりに、王子が王家の馬車を使って迎えに行くのだし、王宮内で鉢合わせのイベントでは、王子はクララを選択するのだ。

茶会に参加すると、時折、王子の話が上った。先日は髪飾り、別の日には菓子をクララに贈ったそうだと、見張りでもつけているのかと疑いたくなる、詳細な情報を聞けた。

本日は、クララが王子から踊りを請《こ》われ、大々的に二人の仲が知れ渡るイベントの夜会だった。そして、休憩を兼ねて飲み物を王子に勧められ、グラス片手に向かったテラスで、クリスティーナと鉢合わせをする。また二人で行動していた様子を見たクリスティーナは激怒し、クララの頬を叩《たた》きつけるものの、王子が介抱して、より二人の恋は進展するという、メロドラマな展開である。

窓辺の席で、物憂げに空を見つめていたクリスティーナに、侍女がそっと声を掛けた。

「お嬢様……そろそろご仕度を」

クリスティーナはふう、と一つ溜息を落とすと、沈んだ気分のままそっと笑んだ。

「そうね……」

窓から差し込む光を受けて、煌めいた銀糸の髪と、憂いを湛《たた》えたアメジストの瞳。白い肌を浮き立たせる珊瑚の唇が柔らかな弧を描くと、本人の気分に反し、色香溢《あふ》れる最上の女神が降臨したような、神々しさがあった。

侍女はその美しさに呑《の》まれ、瞬き身動きを忘れたが、すぐに自分の役目を思い出し、主人に訝しがられずに済んだ。

定例通り、アルベルトはザリエル公爵邸にクリスティーナを迎えに来た。

来訪を告げに来た執事に連れられて、玄関ホールに行くと、今日は紺色の衣装に身を包んだアルベルトがいた。どんな服を着てもその麗しい佇《たたず》まいは変わらず、かつての自分なら、喜び勇んでその胸に飛び込んでいただろう。

彼はクリスティーナの頭から足先までさっと視線を走らせた。

今日のドレスは、銀糸と青い糸を織り交ぜた、不思議な光沢を放つ布地を使っている。見る角度によって青にも銀にも見えた。髪は時間がなかったせいもあり、背中に垂らし、普段から使っている、真珠の髪飾りを選んだ。唯一の救いは、この国では銀髪は珍しく、凝った髪型をしなくても、ゴージャスに見えることだった。

彼は、常と変わりない、穏やかな笑顔を浮かべる。

「クリスティーナ。今日もとても美しいドレスだね……」

茶会の一件など記憶にも留《とど》めていない、変わりない表情をした彼を見ると、胸が焼け付くようだった。この一か月の間、彼はクリスティーナには一時も会う時間を作らなかった癖に、クララには何度も会い、贈り物をしているのだ。

よくもそんな、爽やかな笑顔を浮かべられるものだ。

クリスティーナは大げさにならないように、さり気なく視線を逸らし、つい、と淑女の礼をした。

「お褒めいただき、光栄ですわ、殿下」

もはや名を呼ぶことさえ、憚《はばか》られた。いずれは別の女性に奪われる一国の王子を、自分のもののように名前で呼ぶなんてもうできない。

「……行こうか」

アルベルトの手が目の前に差し出され、クリスティーナは暗澹《あんたん》とした思いでその手を取った。

月の女神のような輝きを放っているクリスティーナを、彼が微笑みながら見下ろしていたなどと、彼女は全く気付いていなかった。


馬車の中には、クリスティーナとアルベルト、そして侍女と彼の従者が乗り込んでいた。王宮の馬車は通常よりも内側が広く、四人が乗り合わせても窮屈にはならない。

アルベルトは、何故かクリスティーナを自分の隣に座らせた。いつもは向かいに座っていたのに、と侍女も従者も少し目を見張るが、彼が気にした様子はない。

かつては隣に座りたがったものだが、侍女にははしたないと咎《とが》められ、それからは機嫌を悪くしたり、駄々をこねたりした時くらいしか隣に座らせてくれなかった。

もしかすると彼は、クリスティーナは機嫌が悪いのだと思っているのかもしれない。

機嫌が悪いのではなく、自分を放ってクララに夢中になっている彼が憎らしく、また夜会に行くのが憂鬱《ゆううつ》なだけなのに——。

視線を合わせるのも、会話をするのも嫌で、クリスティーナは小さな窓から見える、街の景色に目を向けていた。

「今日は何をしていたの、クリスティーナ？」

「……特別なことはしていません」

にべもない返事をすると、苦笑が聞こえる。まるで我が儘なお嬢様をあやす、大人の笑い方だ。

「じゃあ、先日届けた花は気に入ってくれた？」

そういえば、数日前に花が届いたと執事が言っていた。

カードが付いているかしら、と期待して尋ねれば、付いていないと答えられ、花はちらと見ただけで、下げるように言ってしまった。執事はよろしいのですか、と確認したけれど、クララには毎週のように贈り物をしていると噂に聞いていて、気分が沈んでいた。

アルベルトからの花を部屋に飾ったりしたら、悔しさと、愛しさで涙を流してしまいそうだった。

だからこそ知らぬ顔で、自分に見えない場所に飾って、とお願いしてしまっていた。

クリスティーナは気のない返事をする。

「ええ……」

「本当に？」

「ええ……」

不意に、耳元に彼の吐息が触れた。驚いて体を離そうとすると、腰に太い腕が回されて、逆に引き寄せられる。

「殿下……っ？」

クリスティーナは瞳を大きくして、アルベルトを見返した。侍女も従者も目を見張っている。

彼は色香たっぷりに微笑み、低く耳元で囁《ささや》く。

「どんな花だったか、覚えているの？」

「…………」

艶やかなクリスティーナの唇は、答えを失って、うっすらと開いた。その唇に視線を落とし、彼は呟《つぶや》く。

「やっぱり、花なんて贈るんじゃなかったな……」

「――」

きゅっと花弁のような唇が窄《すぼ》まった。贈り物をした行為自体を後悔しても、それを口に出すなんて、酷《ひど》すぎる。

彼はさっと青ざめたクリスティーナの顔を、優しげな眼差しで眺めた。

「次は、もっと別なものを贈るよ、クリスティーナ。君が気に入るような、ずっと高価なものを」

「――高価なものであれば喜ぶとでも、思っていらっしゃるの？」

確かに流行の最先端を好んでいるクリスティーナが選ぶものは、全て最高級で、高価なものばかりだった。けれど、高いからいいと思っているわけではない。

アルベルトの言い方では、クリスティーナは物の価値を値段で判断する、愚か者になる。

彼はくすりと声を漏らして笑った。まるでその通りだろう――？　と言われているようだった。

クリスティーナは頬に朱を上らせ、顔を背ける。白く滑らかな首筋が、アルベルトの目の前に晒《さら》された。

銀糸の髪を、そっと払い除《の》けられる。首筋に指先が触れ、振り向こうとしたクリスティーナの体は、次の瞬間、硬直した。

「悪い子だね……僕を困らせて」

アルベルトは、しっとりとした声で囁きながら、クリスティーナの首筋に口づけた。ちゅ、と音を立てて首筋を吸われ、初めての感触に体が強張る。ぞくりと首筋から胸にかけて寒気が走り抜けた。

「で……殿下……？　あ……っ」

驚いて彼の胸を押し返そうとしたが、彼は気にせず、正面からクリスティーナの首筋に顔を埋める。従者たちが、突然の出来事に反応もできず見守る中、彼はクリスティーナの耳裏、うなじ、首筋、鎖骨の順に口づけを落としていき、最後に、あまりの出来事に反応すらできない、彼女の柔らかな胸元に、ゆったりと口づけた。

真っ赤《まっか》になって、口を開閉するしかできないクリスティーナを見下ろし、彼は艶やかに笑んだ。

「あんまり可愛いと……そのうち、食べてしまうからね……？」

「………は、はい……」

食べるという意味まで頭が回らなかったけれど、彼がまとう、黒いオーラに押され、クリスティーナは頷き返すしかできなかった。

胸元にキスされた時、さり気なく胸を揉まれたわ――。

混乱極まったクリスティーナだったが、胸に触れられた感覚だけは、鮮明だった。

夜会では、一曲目をアルベルトと踊った後、いつものように別の男性と踊ることになった。

馬車の中で、まるで恋人のように口づけを施されたけれど、やはり彼はクララに興味があるようだ。今もエミールを交えてクララと談笑している。

憂鬱な気持ちになって、そっと瞼を伏せ、溜息を落とす。ダンスの相手が、その物憂げな溜息と色っぽい表情に、喉を上下させた。ごくりという音が聞こえ、顔を上げると、ばっちりと視線が絡んだ。

ダンスの最中に別の男性に気を取られていたなんて、失礼なことをしてしまった。クリスティーナは、謝罪の意味を込めて、おっとり微笑んだ。

男性は目を見開き、かあっと頬を染めた。

最近よく見る男性の反応だったので、クリスティーナは気にせずステップを踏む。どうも自分が見つめると、男性は赤くなる。恥ずかしがっているのだな、とは分かったが、そんなに不躾《ぶしつけ》に見つめたつもりはないのに、と毎回、不思議だ。

数曲踊った後、疲れを感じてきたクリスティーナは、そつなく次のお相手を断り、友人らのいる方へ向かった。シンディとエレーナはこちらを振り返ったけれど、二人の視線はクリスティーナを通り越す。ちょうどクリスティーナの後方――会場の一角に出来上がっている、集団に目を奪われたらしい。

「まあ、あの方。まだ殿下とお話ししているわ」

「本当。殿下とお話ししたい方が、周りで待っているのに」

給仕からグラスを受け取り、振り返ったクリスティーナは、胸を抉《えぐ》られた。

漆黒の髪に優しい黒曜石の瞳を持つ、この国の王子は、すっかりクララに魅了されている。

瞳を輝かせ、頬を上気させながら一生懸命、王子に話しかける美少女は、今日もピンクのドレスに簡素な髪飾りを付けていた。

楽しそうに話しかける彼女に、アルベルトは穏やかに微笑み、相槌《あいづち》を打っている。いつもなら、周囲に待つ人間があれば、ある程度で話を切り上げて次へ移るが、今日はその気配がない。

クリスティーナは、グラスを傾け、甘い液体を飲み下した。

「……よほど楽しい会話なのでしょう。気にすることはありませんわ。殿下も楽しそうですもの」

——ああやって、アルベルト様を奪っていくのね……。

腸が煮えくり返った状態であっても、クリスティーナの声は乱れず、態度も優雅なものだった。興味がないと視線を逸らそうとした時、楽団が次の曲へ移るための間奏に入った。

クリスティーナは、視線を上げる。アルベルトが、とても自然な仕草で、クララをダンスに誘った。

「まあ……っ」

「殿下からダンスをお申し込みになられたわ……」

驚愕《きょうがく》の声を上げた友人らは、はっと口元を押さえ、気まずそうにクリスティーナを見る。クリスティーナは、優美に笑んだ。

「珍しいことではありませんわ。殿下も踊りたくなる時だってあるでしょう」

気にするまでもない、と余裕ある態度を示したが、友人たちには強がりだと気付かれていた。

令嬢から申し込まれれば、絶対に断ったりしないのが、ノイン王国の王太子・アルベルトだ。一方で、彼は決して自らダンスを申し込んだりしないと有名だった。クリスティーナ以外には、決して声を掛けないと――。

その彼が、自らお相手を求めるということは、彼女は少なからず、彼にとって重要な人物なのだ。

会場の中央へ彼女を誘うアルベルトを見ていられず、背を向けた。

「……私、少し夜風に当たって参りますわ」

「クリスティ……」

心配そうな声が背中にかかったけれど、振り返れない。振り返れば、嫌でもこの目は、アルベルトを探し、そして彼と共にダンスを踊るクララを見てしまう。

――私から、彼を奪っていく、酷い人……。

天真爛漫《らんまん》で明るい笑顔のクララ。貴族の世界にはなかった、庶民ならではの、純朴な考え方ができる少女。

私とは、絶対的に違う人――。

アルベルトが彼女に惹《ひ》かれるのは、とても自然だ。一国の王子として、貴族たちとばかり交流をしてきた彼にとって、彼女は特別に見える。庶民の世界を知らないのだから、彼女の話は全て楽しく、興味深いはずだ。

――ずるいわ。私と立つ世界が違うのだもの。

一国の王妃となるべく、幼い頃からしつけられてきたクリスティーナは、教養、礼儀作法、王宮での立ち居振る舞い、貴族として民を守るという誇りと、矜持を十二分に持ち合わせていた。だが、庶民の生活など全く知らない。

どんなに民のためになる王妃とは——と考え、懸命に学び、国家のあり方を知り、宰相である父にまで教えを請うたところで、闘うフィールドが違うのだから、彼の目には特別に映らない。

それなら、自分から身を引いたほうが、よほどマシだ。

夜会を開いている屋敷のテラスは、外灯があるものの、会場と比べれば薄暗い。しかし見えるか見えないかの明るさが、今のクリスティーナにはありがたかった。きっと嫉妬に歪《ゆが》んだ顔をしているだろうから。

グラスを片手に、テラスの手すりから庭を眺めると、桃色の愛らしい花を付けた木々が最盛期だった。甘く透明な飲み物を何の気なしに飲みながら、クリスティーナはぽつりと呟く。

「……綺麗ね……」

「……咲き誇る幾千の花よりも、貴方の方が、より美しく見えます」

不意に声を掛けられ、クリスティーナは隣に立った男性を見上げた。二十代前半といったところだろう、亜麻色の髪に、琥珀色《こはくいろ》の瞳の、端正な顔をした人だった。やや垂れ目の眼差しは、とても優しそうだ。どこかでお会いした人かしらと考えたが、思い出せなかった。

クリスティーナの気持ちを汲《く》んだ彼は、気さくに笑う。

「私は、モルト商会で会長補佐を務めております、フランツ・モルトと申します。お見知りおきを、クリスティーナ様」

「あ……以前ご挨拶をして……？」

モルト商会は、モルト伯爵が会長を務める老舗《しにせ》だ。どこよりもしっかりした縫製を売りに運営していたが、ここ最近、運営方針を変え、急成長を遂げていたはずだ。

海外の布地を輸入して使うようになり、これに加えて、ドレスに合う宝飾品もセットで提案するという、新しい商売方法を取っている。ドレスのデザインだけでも十分見事なものだが、宝飾品もまた、可愛らしい一品ものを用意してくれるので、貴族の間で重宝されていた。

今日のドレスも、モルト商会の品だ。

モルトを名乗るということは、そのご令息だろうが、クリスティーナは彼と対面した記憶がなかった。しかし、以前挨拶をした人であったなら、失礼な態度だ。申し訳なく眉を落とすと、彼は首を振った。

「いいえ、本日初めてご挨拶が叶《かな》いました。私は商会の方が忙しく、あまりこのような夜会に参加しておりませんでしたので。ザリエル公爵のお嬢様は大変有名ですので、勝手に存じ上げていたのです。不躾に御名をお呼びして、申し訳ございません」

彼の笑顔は、人懐っこく、名乗る前に名を呼ばれたとしても、嫌な気持ちはしなかった。

クリスティーナはささくれ立った心が、少し癒《いや》された気分で、ほわりと笑んだ。

「いいえ、どうぞお気になさらず、お呼びください。今日のドレスも、モルト商会のお品なのですよ。とても気に入っています」

彼はさり気なくクリスティーナのドレスを確認して、頷く。

「確かに。私共が扱う、最新の布地ですね。クリスティーナ様にお召しいただけるとは、大変光栄です。――最も、あなたの美しさの前には、どんなドレスも霞《かす》んでしまいますが」

王太子の婚約者として有名なクリスティーナは、異性として男性から褒め称《たた》えられた経験が乏しかった。褒め言葉と言えば、アルベルトが会うたびに使う賞賛を聞くくらいで、口説き文句など聞いたこともない。

初めての経験に、クリスティーナの頬は染まった。

「そんなことありませんわ……」

上手《うま》い返し方が分からず、戸惑って視線を逸らす。フランツはその反応を、くすっと笑った。大人の男の、包容力ある笑顔だった。

「おや、私は事実しか申し上げませんよ。先程も、このテラスから庭を眺める、あなたの横顔を拝見して、思わず声を掛けてしまったのです。月光に照らされる貴方は、まるで月の女神のようだ」

「め……」

大げさな褒め言葉に、クリスティーナは初心《うぶ》な反応しか返せない。真っ赤になって見上げると、彼は指先で、さり気なくクリスティーナの髪を梳《す》いた。

「月光を反射するこのドレスと、あなたの銀糸の髪から淡く光が溢れる、幻想的な光景でした。そのまま眺めていたい、美しい光景でしたが……貴方の澄んだ瞳が憂いに染まっているのを見つけて、放っておけなかった私をお許しください」

「…………」

『憂い』の言葉に、自分の気持ちを思い出す。

クララに惹かれていく愛しい王子様を思うと、胸が軋《きし》んだ。クリスティーナの目尻に、涙が滲む。

初対面の男性に涙を見せるわけにもいかず、クリスティーナは慌てて庭に目を向けた。

「あなたは……可愛らしいご令嬢ですね……」

ぽつりと呟いた彼を見上げると、彼は優しく笑って離れていった。急に離れていく彼を不思議に思ったクリスティーナの視界の端に、漆黒の美丈夫が映り込む。

テラスに現れたところなのだろう。クララを伴ったアルベルトがこちらに歩いて来ていた。これは、クリスティーナが嫉妬に駆られて、クララの頬を打つシーンだ。

いっそのこと、シナリオ通りに振る舞ってやろうかと思ったけれど、近くで立ち止まったアルベルトの視線に、クリスティーナの頬は強張った。

今まで一度も見たことのない、冷え切った眼差しがクリスティーナを射抜く。

隣にいるクララは、場違いなほど期待に満ちた表情で、クリスティーナを見ていた。

「何をしているの……クリスティーナ？」

責められているのだ、と分かったが、何を咎められているのかまでは頭が回らなかった。

それに彼の方は、婚約者以外の令嬢を伴って、堂々としている。

クリスティーナは僅かに眉をひそめた。

「踊りつかれたので、こちらで休憩をしていただけですわ。殿下こそ、いかがなさいましたの。可愛らしいお嬢様とご一緒なんて、羨《うらや》ましいですわね」

言ってから、しまったと、内心焦った。つい嫌味を口にしてしまった。アルベルトの片眉が跳ねあがる。

アルベルトが何か言おうとしたが、クララがそれよりも早く口を開いた。

「クリスティーナ様。今、お話ししていらっしゃった方は、どなたですか？　とても仲がいいご様子でしたね」

純真無垢を地で行く彼女は、他意のない声音と、愛らしい笑顔で、他人が聞いたら誤解する言葉を吐いた。ぴく、とアルベルトの視線が彼女に落ちる。

クリスティーナが、王子以外の男と逢瀬をかわしていたと取られかねない言葉だ。

クリスティーナは、溜息を落とした。

彼女が生粋の令嬢であれば、クリスティーナを陥《おとしい》れる策略だと判断したところだ。

「……先日はご挨拶ができませんでしたわね。私はクリスティーナ・ザリエルと申します」

彼女は突然の自己紹介に、きょとんと瞬きを繰り返す。

「えっと……はい。あの、クララ……と申します」

ノイン王国の貴族の間では、たとえ名を知っていても、互いに自己紹介を済ませない限り、名を呼ばないのが礼儀だった。そして、本来であれば爵位の高いものから言葉をかけ、それまでは下位の者は口をきいてはいけない。

それらの基本を知らないのか、忘れているのか、全てを水に流して声を掛けたにもかかわらず、彼女は家名すら名乗らなかった。睨んでしまいたくなる気持ちをぐっと抑え、クリスティーナは優しい笑みを浮かべる。

「そう、クララ様。夜会は楽しんでいらして？」

「あ、はい……。えっと、殿下にダンスのお相手をしていただきました。とてもお上手で、あっという間に終わってしまったので、もう一曲お願いしちゃって。お疲れのご様子だったので、テラスにお誘いしたんです」

にこお、と恋する乙女の愛らしい笑顔が花開く。

気に食《く》わなかった。

毎回、一曲しか踊れない婚約者に向かって、二曲も相手をしてもらったと言ってのけるなんて。自慢しているのだろうか。

アルベルトを見れば、するりと視線を逸らす。

クリスティーナは、己の矜持のために、背筋を伸ばし、笑みを絶やさなかった。

決して——この子を叩いたりしない。

「そう。楽しそうでよかったわ。あなたとお話をすると、殿下の御心もほぐれているご様子です。ありがとうございます」

クララは瞬きを繰り返す。

「えっと……どうしてクリスティーナ様がお礼を……？」

——私が、彼の婚約者だと知らないの……っ？

かっと頭に血が上った。

わざと、こちらの感情を煽《あお》っているとしか思えない。あどけない表情と仕草で、悪意がないと示しているつもりなら、とんだ女だ。

殴りたい衝動を堪えるため、クリスティーナは自分の右手を左手できつく掴み、それでも笑んだ。

「……そうですね。私から礼を言うのは、おかしなことかもしれません。殿下にも、失礼を致しましたわ」

屈辱を覚えながら、アルベルトに頭を下げた。そして顔を上げると、軽く目を見張った彼を一睨みして、歩き出す。身構えたアルベルトの横で立ち止まり、ついでのように言った。

「私、気分が悪いので、お先に失礼いたしますわ。殿下はどうぞ、お好きな方をお送りしてください」

「――――」

信じられないものを見る眼差しが、自分に注がれた。その驚いた顔を冷たく見返し、クリスティーナは彼に背を向けた。

クララなんて打ってあげない。だけどこれで、貴方はシナリオ通り、彼女を家まで送り届けられる。

――運命って、ままならないものなのね。

じわりと滲んだ涙をそのままに、クリスティーナは優美な足取りで、会場を後にした。

# 4

夜会の会場を出て行ったクリスティーナは、下げていた侍女を呼び出して、自分の状況に気付いた。

——馬車がないわ……。

自分よりも二つ年上の侍女——エティが、困り顔で、館前に待機している馬車を眺める。

「どうしましょうねえ、お嬢様」

居並ぶ各貴族の紋章入りの馬車。宴が終わるにはまだ早い頃合いのため、多くの御者が銘々寛《くつろ》いでいる様子だ。

宴の招待客たちは、各自の馬車を使って参加するのが通常だった。

公爵家にも、もちろん馬車はあるが、クリスティーナはアルベルトの馬車に同乗して来ている。いつもなら、王家紋章入りの馬車を目の前に回させた。けれど、馬車の所有者を伴っていない以上、勝手に彼の馬車は使えない。

さらに、貴族の宴に馬車がない事態は滅多になく、宴を開いている屋敷の前に辻《つじ》馬車のような、貸し馬車が並ぶこともなかった。

クリスティーナは唇を噛《か》んだ。

彼の名を呼ぶのさえ憚られると、一線を引いてきたつもりだったのに。嫉妬に胸を焦がし、啖呵《たんか》を切った結果が、帰る術《すべ》がなくて立ち尽くすという、間抜けな有様。

クリスティーナから事情を聞かないでくれているエティは、いつのまにか、会場の方に視線を投げていた。どきりと心臓が跳ね上がり、慌てて会場の出入り口を見る。

淡い期待と不安が胸を覆った。アルベルトが追いかけて来てくれたら――嬉しい。だけど、クララを伴っていたりしたら、自分はきっともう、我慢できない。

今度こそ、恥も外聞もなく涙を零し、彼女を打ってしまうかも知れなかった。

しかし幸か不幸か、会場から出てくる人影はない。

――一刻も早くこの場から逃れなければ、世界が用意したシナリオに、負けてしまう。

クリスティーナは、半ばすてばちに、思い付きを口にした。

「乗合馬車を使いましょう」

「はぇっ？」

早くアルベルトが迎えに来ないだろうか、という顔をしていたエティは、素《す》っ頓狂《とんきょう》な声を上げて振り返る。口にした後で、名案だわと思いなおした。要は家に帰れればいいのだ。

エティが大きく首を振った。

「いいえ、とんでもございません！　お嬢様をあのような庶民の馬車になど……っ」

クリスティーナは侍女の言葉を聞き流し、煉瓦《れんが》で舗装された、会場前の広場《ロータリー》を横切り始める。確か街の中心部に行けば、馬車が集まる場所があると聞いた。

辻馬車はおろか、乗合馬車など利用した経験がないクリスティーナは、それらの手配方法をさっぱり知らなかった。途中で街の人にでも、その場所を尋ねようと胸の内で決める。

「まあ、そんなことはないはずよ、エティ。確か乗合馬車は階級に合わせて席が分けられているのでしょう？　他家のご令息も使っていらっしゃるというお話を、聞いたことがあるわ」

「それは、お家に馬車を持たないご令息のお話で、そもそも、おっしゃる階級の意味から違っております……っ。お待ちください、お嬢様……！　お嬢様のような身分尊いお方が、使うものではございません……っ」

クリスティーナは内心、首を傾げる。そういえば、茶会で話してくれたご令嬢は、聞いた話だと言っていた気がする。どうしても使うなら、辻馬車を使うけれど、とも。

どちらにしても、乗り物は乗り物だ。それに、人がすし詰めで乗り合わせるという大きな馬車には、ちょっぴり興味がある。噂によれば、乗り合わせた人に、面白い旅のお話を聞けたりするそうなのだ。

小さな楽しみができて、足取りが軽くなってきたクリスティーナの耳に、笑い含みの声が届いた。

「これはまた、勇ましいお嬢様だ」

「……」

つい先ほど聞いたばかりの声は、直ぐに誰だか分かった。同時に、頬が緊張する。会話を聞かれてしまったようだ。

振り返ると、会場からロータリーへ繋がる通路に、フランツが立っていた。

亜麻色の髪に、琥珀色の瞳。先程は気付かなかったが、爽やかなブルーグレーの衣装を身に着けた彼は、すらりとした体格をしていた。やや垂れ気味の瞳は、先程と変わらず、人懐こい笑顔を浮かべている。

「まあ、フランツ様。……奇遇ですわね、もうお帰りですの？」

クリスティーナは己の状況に対する追及を恐れ、澄ました顔で対応した。いくらなんでも、帰りの馬車がないだなんて恥ずかしい事態は、誰にも知られたくない。

フランツは軽く眉を上げ、拳で口元を押さえた。拳の端から覗いた口元は、堪え切れない笑みで震えている。彼は愉快そうに瞳を細め、軽く肩を竦めた。

「そうですね。美しい月の女神が忘れられず、ふらふらと歩いておりましたら、ここに来ていた次第です」

「――……」

クリスティーナは反応に困り、無言で見返した。

彼がテラスで、自分を『月の女神』と称したのは、記憶に新しい。けれどこの会話で、それを自分だと考えるのは、自意識過剰だ。どんな言葉を返すのが正しいのかしらと、目まぐるしく考えている間に、フランツが口を開いた。

「――あなたのことですよ、クリスティーナ様」

「――」

とくり、と胸が鳴った。幼子のように目を丸くするクリスティーナを、琥珀色の瞳が、優しく見つめている。

「あの……、……」

――どうしよう。どう答えたらいいの？

優しいだけに見えた彼の瞳の奥に、熱を感じた。なぜか、アルベルトが時折見せる、自分を取って食ってしまいそうな妖《あや》しい眼差しと、似ている。

アルベルトに射すくめられる時は、背中が強張り、逃げ出したいような、その先を知ってみたいような衝動を覚えた。だけど彼は――フランツは違う。彼は、身も心も預けていい人ではない。

助けを求めて視線を投げたエティは、剣呑《けんのん》な眼差しをフランツに注いでいて、助けてくれそうになかった。

侍女の眼差しに気付いたフランツが、軽く笑う。

「これはこれは、ザリエル公爵家のご令嬢に対して、過ぎた想いを告げたようですね。申し訳ございません。初めての、胸の高鳴りを覚えたもので――」

「む……」

――胸の高鳴り……？

思わず声を漏らしたクリスティーナに、フランツは、にこりと微笑んだ。

「テラスで貴方を見つけた瞬間、運命の方と出会ったのではと、不相応にも感じてしまいました」

「う、運命……」

クリスティーナは面食らってしまって、たじろぐしかできなかった。

「自制の利かない心を持つ私を、どうかお許しください……」

フランツは侍女を宥《なだ》めるかのように頭を下げるが、全くの逆効果だ。エティの表情はますます険しくなり、クリスティーナの頬は、熟れたリンゴさながらに染まり上がる。

――どうしよう。こういう時は、どうやってお答えするの……？

生まれてこの方、直接的に口説かれた経験がないクリスティーナには、ハードルの高い問題だった。心臓が馬鹿《ばか》みたいに乱れ、考えがまとまらない。

せめても動揺を隠そうと、髪を耳にかける素振りで顔を隠し、俯く。答えを探す頭の中は、何も見えない暗闇《くらやみ》だった。首筋に、嫌な汗が滲み、緊張で腕が強張った。

社交界で、こんなに緊張したのは初めてだった。誰もかれも、クリスティーナには畏《かしこ》まり、おもねる。それが全てではないと分かっていたつもりだったが、咄嗟の反応ができないなら、分かっていなかったのと同じだ。

クリスティーナは、己の不甲斐《ふがい》なさに、内心呻いた。未《いま》だ答えは見つからず、底のない闇を覗いているようだ。どこにも光は差さない。

弱り果て、泣いてしまいそうなクリスティーナに、柔らかな声がかけられた。

「……とまあ、私なりのご挨拶はこのくらいに致しましょうか」

「……あ、」

——挨拶……。

クリスティーナの肩から、明らかに力が抜けた。口説かれていたわけではない。考えれば、分かりそうなものだ。ほんの一時声を交わした程度で、心惹かれるはずがない——。

自分とアルベルトとの出会いは棚に上げて、クリスティーナは安堵《あんど》の溜息を零した。そして赤い顔のまま、フランツを見上げ、はにかむ。極度の緊張から解放され、安心できた相乗効果で、その表情は、社交界の誰にも見せたことのない、無防備な笑顔になった。

「驚いてしまいました……。ごめんなさい、私、こういうの得意ではなくて……」

紳士は、女性を楽しませるために、口説く真似事をする。友人たちがそういう言葉遊びに興じていても、クリスティーナだけは、いつも蚊帳《かや》の外だった。王子の婚約者は、ただ眺めるに終始されるのが常なのだ。

フランツはほんの一瞬、真顔でクリスティーナを見下ろす。不慣れな対応に、呆《あき》れられてしまったかしらと、眉尻《まゆじり》を下げると、先程までと変わらない笑顔がそこにあった。気のせいだったのかもしれない。

「いいえ、私こそ失礼いたしました。――ところで、先程乗合馬車をご利用されるような話をされていたようですが？」

クリスティーナの心臓は、今度は別の意味で乱れた。公爵家の娘が、帰るための馬車を手配できないなんて、あってはならないことだ。

「……あの、たまには社会について学ぶのもいいかと」

「おやおや。結構なお心意気ですが、乗合馬車はあなたの家の前までは送ってくれませんよ」

「え？」

行先を告げれば、そこに向かうのが馬車だと考えていたクリスティーナは、首を捻《ひね》る。

彼は片眉を下げて、胸の前で両腕を組んだ。

「公爵邸は王都レーベでも、西の街はずれにありますからね。行ったとしても、バルトまで。丘の手前で下ろされて、後は徒歩になりますよ」

バルトは、公爵邸が立つ丘の麓《ふもと》の町の名前だった。バルトから徒歩になると、いったい何分くらいかかるのだろう。

クリスティーナの考えを読んだのか、フランツは、ぼそっと付け加えた。

「バルトから公爵邸までは、男の足でも歩いて三十分かかります」

「三十分……」

そんなに長い間、歩いたことはないわ――。

無理かもしれない――という言葉が脳裏を過った。見計らったように、フランツは言葉を重ねる。

「それに、乗合馬車は、クリスティーナ様がお召しのような、上等なドレスを着たご婦人は使いませんから、とても目立つことでしょう。多くの者から好奇の眼差しに晒され、いらぬ憶測を生むことになります」

「……それは、後学のためと……」

「いちいち全員にご説明をなさるおつもりで？」

「それはその……」

「下賤《げせん》なものに、心ない言葉をかけられる可能性だってありますよ」

「……そんなこと」

――あるかしら？

心ない言葉の内容が今一つ、想像できない。フランツは小さく溜息を零した。

「世間には、あなたの知らない、女性を辱めるための言葉がごまんとあるのですよ。悪いことは言いませんから、私の馬車をお使いください」

「……あ、は」

勢いに呑まれて、『はい』と言いそうになったクリスティーナは、きょとんと彼を見上げる。フランツは、からりと笑っていた。

「王家の馬車には見劣りしますが、我が伯爵家の馬車は、乗合馬車よりは居心地がいい筈ですよ」

「まあ、なんてありがたいお申し出でしょう！」

真っ先に賛同したのは、フランツを睨み据えていたはずの、侍女だ。エティは現金にも満面の笑顔を彼に向けて、頭を下げる。

「ありがとうございます。伯爵家様のお車でしたら、安心してお嬢様にお使いいただけますわ！」

「ま、まあ、エティお待ちなさい……。そんなことをしたら、フランツ様のお帰りに使う馬車がなくなってしまうわ」

手段がないからと、他人に迷惑をかけるのは本意ではない。ここはやはり、素直にアルベルトを待ったほうがいいのかしらと、気持ちが萎《な》えかける。

フランツは自分の家の御者に手を上げて、合図を送りながら、気楽そうに応じた。

「ああ、大丈夫ですよ。仕事柄、懇意にしている方はたくさんおりますので。私は友人に送ってもらいますから、ご心配はいりません」

「でも、そんな——申し訳ないわ」

もとはと言えば、考えなしに会場を出た自分が悪いのだ。落ち込んでいた自分を慰めてくれたフランツに、尻拭《しりぬぐ》いまでしてもらうのは、気が引ける。そもそも、自分にだって友人はいる。迷惑をかけるけれど、彼女たちにお願いするほうがいいのではないだろうか。

考えている間に、素早く馬車が配された。目の前に回された、黒馬の紋章が入った馬車は、王家の馬車よりもやや地味だが、凝った装飾の、豪華なものだった。箱の縁に打ち込まれた金具に至るまで、緻密《ちみつ》な模様が彫り込まれている。ノイン王国で急成長を遂げている商会の財力を、さり気なく見せつけられた気分だった。

御者に行き先を指示した彼は、自ら車の扉を開き、こちらを振り返る。

「お気になさる必要はございませんよ。……でも、そうだな。もしもほんの少し、私に褒美をくれるのでしたら——今度、わが家で開く夜会にお越しください」

差しのべられた手を、条件反射で取ってしまったクリスティーナは、躊躇《ためら》ったものの、促されるまま、馬車に乗り込んだ。馬車を前に問答するのは、さすがにみっともなかった。

「え、ええ……そんなことで、よろしいの？　そうだ、今度お家で商品を見せていただくことだってできますわ」

モルト商会の商品を買えば、いくらかの礼になる。貴族として当然の提案をしたクリスティーナを、フランツは人好きのする、社交的な笑みで見返した。

「素敵なご提案ですね。ですが、そのような下心、微塵《みじん》もございませんよ、クリスティーナ様」

「……あ、私……失礼な申し出を……」

クリスティーナは、フランツに握られていない方の手で、口を押さえる。相手が商売人だから、安易に金銭でのお礼が一番だろうと考えてしまった。フランツは、困っている娘を助けるために、善意で馬車を手配してくれたのに、なんて失礼な物言いだろう。

恥じ入って俯いたクリスティーナを宥めるように、彼の親指が手の甲を撫でた。

「いいえ、そんなことはございませんよ。とても気くばりの利いた、お心遣いです。ただ……せっかくなら、お買い求めいただくのではなく、私からお贈りしたいと、欲深くも望んでしまったもので」

「……いいえ、それは……」

クリスティーナは言い淀《よど》んだ。脳裏を過ったのは、アルベルトだった。

アルベルトは、時折ドレスをプレゼントしてくれる。プレゼントされたドレスを身に着ければ、とても嬉しそうに笑ってくれた。そして毎回、衣服だけは、自分以外の異性から貰《もら》わないでと言う。

衣服を贈る行為には、特別な意味があるから、と。

この期に及んで、未だクリスティーナは、アルベルトを第一に考えてしまっていた。

――馬鹿ね……。アルベルト様はもう、私なんて、いらないのに……。

クリスティーナの顔に、憂いの影が滲み出る。指先に異性が触れていることさえ、意識から飛んだ。

――この世界に生れ落ちた自分が、呪《のろ》わしかった。

諦めるべきだと分かっているのに、心は、婚約を果たした七つの頃から、彼一人に縛《しば》られ、身動きが取れない。

クララに彼を奪われてしまう運命が、死んでしまいそうに、悲しい――。

彼を諦めきれない自分が、口惜しくも、情けない――。

クリスティーナは、辛《つら》い心と共に、首を振った。

「……いいえ……。馬車をお借りしたうえ、贈り物をいただくなんて、できません……」

フランツは、切ない表情で首を振ったクリスティーナをしばらく見つめた後、俯いた。彼は白く滑らかな手の甲にそっと口づけ、柔和な表情で、お別れを口にする。

「今宵は素晴らしい思い出ができました。また、お会いできるその時まで、どうぞ健やかにお過ごしください……アルベルト殿下の、ご婚約者様――」

「はい……ありがとうございました、フランツ様」

彼は静かに、扉を閉じた。


動き出した馬車が見えなくなるまで、琥珀色の瞳が、窓越しに見えるクリスティーナを見据えていた。

# 5

夜会の翌日、突然王子が公爵邸を訪れた。

事前の連絡もなく訪ねられ、普段から客の対応に慣れている家人ではあったが、そこはかとなく慌ただしくしている。

玄関ホールで出迎えるなり、彼は満面の笑顔で薔薇の花束を押し付けてきた。

「やあ、可愛い僕の婚約者殿。ご機嫌はいかがかな？」

嫌味ったらしくそう言われてしまえば、昨夜何かあったのだと公言したようなものだ。

一人で帰って来たクリスティーナを心配していた家人たちは、ほっと息を吐く。

気分が悪くて先に帰っただけだと説明したが、とうてい納得させられる言い訳ではなかった。

他家の馬車を使っていたことは、抜け目のない執事が気付いて、父に報告している。出迎えに出て来た執事の目は、夜陰に紛れているはずの紋章を、しっかり確認した。そしてわざわざ口頭で、家名を確認したのだ。父への報告は免《まぬが》れない。

父からはまだ何も言われていないが、アルベルトが訪ねてこなければ、今日にでも事情を聞かれていただろう。

同行していたエティには、他言無用だと言い聞かせていただけに、家人らの想像は翼を広げつつあった。しかし、嫌味を言いながらも、王子がクリスティーナに会いに来たのなら、問題ないと判じたのだろう。皆一様に、朗らかな笑顔を浮かべていた。

薔薇の香りを楽しむ素振りで俯いたクリスティーナは、内心嘆息する。

――残念ながら、この王子様は、将来あなた達の『お嬢様』を袖《そで》にして、可愛い美少女を選ぶのよ。

家人が準備をしやすいように、クリスティーナは庭に張り出したテラスに彼を誘った。天気もよく、外でお茶を飲むには素晴らしい気候だ。ただし、笑顔を崩さないアルベルトが相手でなければ、であるが。

テラスに入るところで、薔薇の花束は、執事のハンスに渡した。ハンスは何故か、「紅色の薔薇でございますね」とクリスティーナに微笑んだ。それがどうしたの、と尋ねる前に、アルベルトに腰を引かれてしまって、結局、尋ねそびれた。


向かいに座って庭園を眺めている彼は、侍女が茶を淹《い》れるのを黙って待っている。

光沢のあるグレーのスーツをすっきりと着こなし、足を組んでいる。膝《ひざ》の上に軽く両手を組んで置き、柔らかな風に目を細めた。

「いい天気だね……」

どんな気分の時でも、彼の全てが格好よく見えてしまうクリスティーナだったが、そのセリフには眉を上げた。これまで彼が天気の話を口火にした例《ためし》はなかったのだ。そんな凡庸《ぼんよう》な言葉を選ぶしかないなんて、よほど話題に困ったのだろう。

クリスティーナは、ふう、と息を吐く。

「左様でございますね……。今日はどのようなご用件でいらっしゃったのですか？」

彼はこちらを見もせずに、皮肉気に笑った。

「自分の婚約者の顔を見に来ただけだよ」

——その婚約者の立場は、近いうちに別の女の子にあげるのでしょう？

クリスティーナは、おっとりと微笑む。

「ありがとうございます。殿下にお気遣いいただくなんて、心苦しい限りです。どうぞ私など、お気になさらないでくださいまし」

かちゃり、と茶器を置く音が聞こえた。侍女が二人分の茶器を置くと、彼は笑顔で命令した。

「ありがとう。もうここはいいから、下がっておくれ」

ここは公爵邸だ。王子であっても、他人の家の侍女に命令を下すような無粋な真似は、通常してはならない。普段なら、どんな相手が命令しようと、公爵邸の人間に指示を仰ぐ侍女は、アルベルトの有無を言わせない気配に押され、無言で下がってしまった。

「随分、横柄ですのね」

非難すると、彼はそれには応《こた》えず、ゆっくり話し出す。まるで、聞き分けのない子供を諭すようだった。

「いつまで拗《す》ねているつもりだい、クリスティーナ。あまり可愛げがないと、僕にも考えがあるよ」

ひやり、と心臓が冷えた。その考えは——もう知っている。

捨てる動機づけに、婚約者の非をあげつらうなんて、とても陳腐なお考えですこと、と内心呟いて、クリスティーナは笑む。

「まあ、どんなお考えですの？　是非、お伺いしたいものですわ」

彼は脅しも効かないと察し、額を押さえた。長い溜息を吐き出した後、低く話し始める。

「昨日《きのう》のあれは……別に彼女と二人で過ごそうとしたのじゃないよ」

「……」

「気付いたら君の姿が見当たらなかったから、探しに行きたかったのだけれど、彼女がもう一曲と三曲目を強請《ねだ》るから、疲れたふりをしてホールから離れたんだ。途中でクララ嬢は別の知り合いにでも任せようと思っていた。……シンディ嬢とエレーナ嬢を見つけて、君の居場所を尋ねたら、クララ嬢を詰《なじ》ろうとしたものだから、そこに置いてもいけず、一緒に連れて行くことになったんだ」

あの時の彼女たちなら、クララを糾弾してもおかしくない雰囲気だっただろう。どんな状況であれ、クララを詰るほうがよくないと分かる以上、友人を悪く言わないでとは、反論できなかった。

クリスティーナは、積もり積もった恨み言を、全部吐き出してしまいたい衝動を抑え、ぽつりと文句を口にする。

「……私とは、いつも一曲しか踊ってくださらないのに、あの方とは二曲も踊られたのですね。それも、ご自分からお誘いになって」

彼は僅かに驚いた。軽く目を見張り、視線を逸らす。

「ああ……そう。見ていたんだね……」

「悪うございますか？　私は、いつだって貴方ばかりを目で追っておりますわ」

思わず本音が零れてしまい、きゅっと唇を引き結んだ。これ以上口を開いたら、感情的に泣き叫んでしまいそうだった。

彼はクリスティーナからの睦言《むつごと》など慣れたものなのか、穏やかに応える。

「確かに僕から彼女を誘ったけれど、あれは彼女がダンスを習い始めたばかりで、まだ人前で踊った経験がないと話していたから……気を利かせただけだよ。まさか二曲目もお願いされるとは思っていなかったけれど、多分彼女は、同じ男性と何曲も踊ることの意味も、まだ知らないんじゃないかな」

同じ男性と踊り続ける行為は、二人は恋仲だと周囲に伝える手段の一つだ。彼は苦笑する。

「さすがに、三曲も踊ってしまうと君に失礼だと思って、断ろうとしたら、君が居なくて慌てた。泣いてやしないかと心配して探してみれば、君はもう別の男に慰められていたけれどね」

「え……？」

視線を上げると、アルベルトの笑顔があった。完璧な笑顔は、不機嫌さを表している。

「よくも僕の目の前で、他の男に髪など触らせてくれたね、クリスティーナ」

「…………」

髪を触られた記憶はあった。

フランツだ。馬車まで貸してくれたフランツには、恩義こそあれ、アルベルトが自分に投げかけてくるような、異性としての想いは、何一つない。別れ際の、衣服の贈り物は断れたが、よくよく考えれば、出会ってすぐに髪に触れるのを許していた。

クリスティーナの頬が、微かに染まった。淑女としてはしたない態度を、アルベルトに見られてしまったことが、恥ずかしくてたまらなかった。あの時は、アルベルトのことで頭がいっぱいで、フランツの仕草を欠片《かけら》も気に留められていなかったのだ。

「クリスティーナ。どうしてそんな顔をするのかな？」

「い……いいえ、なんでもございませんわ」

赤くなった顔を見られるのも耐えられず、クリスティーナは頬を手のひらで覆い隠した。

「……いいよ。じゃあ、ちょっと君の家の図書室に案内してくれる？」

「……図書室？」

突然、図書室に行きたいと言い出して、にっこりと微笑んだ彼の目的は、全く想像できなかった。


呼びつけた侍女も、突然の要望に首を傾げる。アルベルトは笑顔だ。

「ザリエル公爵邸所蔵の、星に関する図書を読みたいと思ってね」

クリスティーナの家には、大きな図書室がある。曾祖父《そうそふ》は熱心に星について研究していたらしく、図書室の大半は、星に関する文献で埋まっていた。幼い頃から出入りしているアルベルトは、その貴重な本を読むのが好きだったが、最近はあまり読んでいなかったように思う。

訝しく思いながら屋敷の二階、父の書斎の隣にある図書室に向かった。部屋に入るなり、彼は侍女に礼を言った。

「ありがとう。あとは僕たちで探すから、大丈夫だよ」

「……それでは、私はこちらで……」

図書室の片隅で待機すると態度で示した侍女に、彼はわざわざ扉を開いて退室を促した。

「大丈夫ですよ。本を読むから退屈なばかりですし。彼女のことはお任せください」

「………」

侍女はかなり長い間躊躇ったけれど、すごすごと部屋を出て行った。

どうして侍女を邪魔者扱いするのかしら、と不思議に思いながらも、クリスティーナは書架の間に先に入って行った。一千冊の所蔵がある、この図書室は、本を焼かないために全ての窓にカーテンがかけられている。ほんのり差し込む太陽光を頼りに本を探すのは、なんだか秘密基地に潜り込んでいるようで、子供の頃はとても楽しかった。

「クリスティーナ？」

入り口から見えないのだろう。自分を呼ぶので、クリスティーナはかつてと同じように彼を呼んだ。

「こっちよ。星占いのところ。でも、何かお探しになるのでしょう？　どうぞお好きにお探しになって」

声を頼りにアルベルトがクリスティーナのいる通路に顔を出した。昔読んだ星占いの本を手にしていたクリスティーナは、自分に向かって歩いてくる彼に、笑顔を向ける。

「見て、星占いの本。昔一緒に占いしたのよ、覚えてる？」

最近は、外でばかり会っていたから、心がとても乱れていた。けれど家の中で彼を見ると、どんな嫉妬も不安も抱く必要がなくて、安心できる。彼の目の前にいるのは、自分だけだ。

先程までの刺々しい態度が嘘《うそ》のように、穏やかな声で話しかけたクリスティーナに、彼も優しく微笑む。

「……覚えているよ。僕と君の相性を占っていたよね」

当時を思い出し、ぽっと頬が染まる。

「そうそう。貴方と私は『波乱多き運命』『試練を与える者』、なんて出ちゃって、泣いちゃったのよね」

ふと、なんて正確な占いかしらと思った。——『波乱多き運命』『試練を与える者』。

切ない恋だわ、とアルベルトを見上げる。思ったよりも近くにいた彼と視線が絡むと、彼は甘く笑んだ。

「クリスティーナ、覚えてる……？　僕たちは、ここで何度もキスをしたよね……」

「……っ」

ファーストキスは、七歳の時。一緒に床に座って本を読んでいた。星座の形を知るのが楽しくて、夢中になっていたクリスティーナが、視線を感じて顔を上げると、アルベルトが真剣な眼差しで自分を見つめていた。そしておずおずと顔を近づけて、触れ合うだけのキスをした。

それから図書室に来るたび、キスをしていた。執事や侍女に見つからないように、こっそりするキスは、とてもドキドキして、二人で作った秘密は最高に甘美だった。

年頃になると、何となく気恥ずかしくて、図書室には足を運ばなくなったけれど。

当時を思い出して赤く染まったクリスティーナの頬に、アルベルトの手のひらが添えられる。

「え？」

まさか、そんなことのために侍女を追い出したの、と瞳を丸くした。腰にもう一方の腕が回る。

「いいえ、そんな……」

こんな薄暗い部屋でキスをするのは、なんだか危ない気がする。逃げようと後退すると、通路の壁に背中が押し当てられた。

「ア、アルベルト様……？」

薄闇の中で一際闇深く染まった彼の瞳は、獲物を狙《ねら》う肉食獣の気配を帯びている。

「やっと……僕の名前を呼んだ……」

「あ」

殿下と呼ぶように気を付けていたのに。咄嗟に口を押さえると、彼は妖しく微笑みながら、その手をはがし取った。掴んだ手は、壁に押し付けられる。

「いけない子だね……クリスティーナ。そんなに僕の気を惹きたいの？」

「……そんなつもりは……」

どうしてだろう。クララに心を奪われていっているはずの彼は、今、どう見ても自分を壁際に追い込んで、捕食しようとしている。

「あの男は誰だい？」

「あの男……？」

ぽかん、と聞き返し、先程までのテラスの会話を思い出した。

「あ……フランツ様のことで……っ」

名を呼ぶと同時に、唇を塞《ふさ》がれた。綺麗な漆黒の瞳が、自分だけを見つめている。唇の感触を楽しむ、柔らかな口づけをした彼は、そっと顔を離して目を細める。

「どうしてあの男に髪を触らせたの……？」

唇に触れる吐息にどぎまぎして、クリスティーナは視線を彷徨わせた。

「あれは……お話をしていたら、私の髪の話になって、それでお触りになったのです……」

「そう……どんな話をしていたの……？」

あの時を思い出すだけで、目尻に涙が溜《た》まる。

悔しくて、悲しくて仕方なかった。なのに、アルベルトは今も余裕の笑みで自分を見ている。自分ばかりが想っている状態が、理不尽に思え、顔を背けた。

「あの方は、私を月の女神のようだと褒めてくださいました。銀糸の髪だと、髪を梳かれて。殿下がこれまで一度だって、私におっしゃってくれなかったようなお優しい言葉をかけてくれたのです。私を美しいと、可愛らしいとおっしゃってくださったわ……っ」

最後には声が震えてしまった。

一度だってアルベルトは、自分を口説こうとはしてくれなかった。会うたびにドレスや宝飾品を褒めてくれるけれど、クリスティーナそのものが欲しいとは言ってくれない。

独り占めしたいのはクリスティーナばかりで、他の男性と踊ってもアルベルトは顔色一つ変えない。

「ふうん……」

つまらなそうな、冷たい声音だった。見上げると、彼は微笑んでいたけれど、瞳は笑っていなかった。

「月光に照らされる貴方は、まるで月の女神のようだ。……貴方の澄んだ瞳が憂いに染まっているのを見つけて、放っておけなかった私をお許しください。あなたは……可愛らしい」

形よい唇から、あの日の彼の言葉が繰り返された。信じられず、目を見開くと、アルベルトは笑みを深めた。

「こんな言葉はね、クリスティーナ。夜会に出席する男なら、誰だってするりと吐いてしまえる、どこにでもある褒め言葉だよ。女を落とそうとする男の、常とう手段だ」

「………そうなの……？」

口説かれた経験がないクリスティーナは、否定されれば、そうなのだと思う。実際、馬車を借りた際も、挨拶と教えられるまで、フランツの言葉が『戯《たわむ》れ』だと気付けなかった。ほんの少し意趣返しができればよいと思って、彼の言葉を出しただけなので、強く言い返す気にもならない。

アルベルトは困った子だ、と言わんばかりに首を振る。

「あんな上っ面の言葉に流されないでおくれ。それも……僕の目の前で君を口説くような、立場をわきまえない男などに……」

「あ……見ていらっしゃったのね……？」

どこから見ていたのかしら、と目を逸らした。大好きなアルベルトを取られてしまうと、嫉妬に歪んだ顔なんて見せたくなかったのに。

彼はちろりと瞳を上げる。機嫌が悪そうな目つきだった。

「見ていたよ。悪いけれど、どんな人混みの中でだって、僕は君を見つけ出せる。そして君の近くに男が居たら、殺してしまいたくなる」

「………………」

なんだか、最後のほうが上手く聞き取れなかったみたいだわ――。

クリスティーナは、銀糸の髪を耳にかけ、小首を傾げた。

「ごめんなさい、上手く聞き取れなかったみたい。今、なんと……」

「君の近くに男が居たら、殺したくなる。君が僕以外の男を選ぶなら、君が選んだ男を全員殺してしまうから、覚悟してね」

にっこりと笑って言うにしては、とても黒い内容だった。これもまた、聞き間違いかしらと、つられて微笑み返すと、彼は顔を近づけてきた。

「わかった……？　もう、僕以外の男に、髪の毛一本だって触らせてはいけないよ……」

「え……えっと……」

アルベルトはクリスティーナの返事を待つつもりはないようだ。混乱してただ見つめ返すだけのクリスティーナをいいことに、体を密着させる。

うっとりするほど美しいアルベルトの顔が間近まで迫ると、クリスティーナの瞳は、反射的に潤んだ。彼の吐息が触れるだけで、心臓が高鳴る。唇がゆっくり重なると、もう何も考えられなかった。

優しく、唇の感触を楽しむように、何度も啄《ついば》む。音を立てて唇を吸われ、熱に浮かされた状態になったクリスティーナの唇が、うっすらと開くと、彼は慣れた動作で更に深く口づけた。

口づけをしている間は、いつも何も考えられなかった。年齢を重ねるたびに、その口づけは熱さを増していき、彼の手のひらが体に触れると、ぞくぞくと震えが走る。

「……っん、んぅ……っ」

耳の裏を撫で、首筋から鎖骨、胸へと手のひらが形を辿《たど》って行く。もう一方の手は脇《わき》の下から腰に掛けてしっとりと撫で降ろしていった。

アルベルトが狂おしげに名を呼んだ。

「……クリスティーナ……っ」

これ以上隙間《すきま》がないほど体を密着させ、クリスティーナの全てを貪《むさぼ》りつくそうとしているかのようなキスだった。けれどこれも、そう長くは続かない。

いつも耐え切れなくなったクリスティーナが、くたりと力尽きて、二人の逢瀬は終わるのだ。

最近はキスそのものがなかったため、免疫が薄くなっていたクリスティーナは、息も絶え絶えになってしまった。

濡れて赤くなったクリスティーナの唇を舐めとり、アルベルトは物足りない顔をする。クリスティーナは、余りの刺激に立っていられなくなり、ずるずると壁沿いに腰を落としていった。

「もうちょっと、してもいい……？」

その場にへたり込んでしまったクリスティーナは、情けない声を上げた。

「へ？　あ、きゃっ」

アルベルトは、あろうことか、座り込んだクリスティーナの膝を割って、その間に体を滑り込ませた。軽々とクリスティーナの体を反転させ、床に押し倒す格好で、もう一度唇を奪う。

——こんなところ、誰かに見られたら……っ。

しかもアルベルトの手が、スカートの下に入ってくる。くすぐったいような、気持ちいいような感触に、足を閉じようとするも、足の間にはアルベルトの立派な体躯が収まっていた。

「ん、ん、んん……っあっ……ダメ……っ」

彼の手のひらが太ももを撫で上げて、危険な場所に辿りつきそうになり、クリスティーナは渾身《こんしん》の力でキスから逃れた。

だがアルベルトは耳元に口づけて、手のひらを止める気配がない。

「だめ、ダメ……っアルベルトさま……！」

クリスティーナが必死に涙目で訴えると、彼はぐっと顎《あご》を引いた。組み敷いた状態のクリスティーナをじっと見下ろし、溜息を吐く。

「うん……そうだね……。これ以上続けたら、最後までしてしまいそうだ……」

——最後までって……？

黒曜石の瞳は、常にない、情欲でけぶっている。

まだ物足りなさそうな、獣の眼差しが、乱れた髪、首筋、ずり降ろされて露《あら》わになった肩口、胸、そしてスカートをたくし上げられて日の目を見た、白く滑らかな足を舐めるように眺めた。

彼は、はあ、と熱のこもった溜息を落とすと、ぎゅっとクリスティーナの体を抱きしめる。

「クリスティーナ……」

アルベルトが何か言いかけた時、かちゃりと図書室の扉が開く音が聞こえた。


「……っ」

アルベルトはさっとドレスを整え、力が入らない状態のクリスティーナの脇の下に手を差し込むと、ひょいと立ち上がらせた。

へろへろの状態だったクリスティーナだったが、なんとか自力で立てた。合わせたような絶妙のタイミングで、執事のハンスが、二人がいる通路を覗き込んだ。

「ああ、こちらにいらっしゃいましたか、お嬢様、アルベルト殿下」

幼い頃から二人を知る、壮年の執事は、クリスティーナを見る。

クリスティーナは、乱れた髪がそのままだったと、慌てて手で直そうとしたが、時すでに遅しである。

彼は髪については言及せず、クリスティーナの全身にさっと目を走らせると、穏やかな微笑みをアルベルトに向けた。

「……アルベルト殿下。おいたが過ぎますと、旦那様にご報告申し上げますからね」

アルベルトは、ぎくりと頬を強張らせ、視線を逸らした。

クリスティーナの父は、宰相の立場ではあるが、娘を愛してやまない。王子の婚約者にと娘の名があげられた時は、この世の終わりのような顔をしたそうだ。

『王妃の立場なんて重責だ。辛いと思ったならいつでもお言い。お父様が何とでもしてあげる』

――これが、婚約してからの父の口癖だ。

そんな父に、節度ある交際を――とは言わず、結婚まで娘には一切手を出さないように――と幼い頃からきつく言いつけられているアルベルトは、自分の行いがザリエル公爵の勘気に触れることを重々承知していた。悪ければ、結婚まで一切顔を合わせられなくなる可能性が高い。

「分かっている……」

「お分かりでしたら、今後は侍女を強引に下げないよう、お気を付けくださいませ」

「…………」

幼少時代からアルベルトを知っている執事は、決して遠慮をしない。アルベルトが不敬罪だ、などと言い出さない人間と知ったうえで、注意に留まらず、脅しをかける狡猾《こうかつ》な人だった。彼は少し、父に似ている。

彼にとって大切なのはザリエル公爵であり、その娘のクリスティーナで、昔からアルベルトには点が辛いのだ。

返事をしなかったアルベルトに、ハンスは首を傾げる。

「アルベルト殿下。今後は侍女を強引に下げないよう、お気を付けくださいますね？」

返事をするまで梃子《てこ》でも動かない彼に、根負けしたアルベルトは、小さな声で答えた。

「……ああ、気を付ける……」

「それと、最近、アルベルト殿下にはお嬢様の他に、想いを寄せるご令嬢がいらっしゃるとか」

「……！」

クリスティーナは突然の話題に総毛立つ。アルベルトは眉根を寄せた。

「何の話だ」

ハンスは涼しい顔で、不機嫌な表情のアルベルトを見返す。

「おや、ご存じではないのですか。大層有名なお話でございます。さる侯爵家のご令嬢を、王宮にお召しになったり、定期的に贈り物をしたりと、お心を砕かれていらっしゃるとか。お嬢様がありながら、別の女性へ目を向けられるような殿方には、お嬢様をお幸せにできないと思いましたので、このお話は旦那様にご報告を……」

「したのか⁉」

珍しく、アルベルトが声を荒げた。ハンスは頷く。

「いたしました。見たところ、お気付きでいらっしゃらなかったご様子ですが、ご自身の噂にも気付かぬような粗忽者《そこつもの》に、用はございません。早々に噂を収拾なさるか、お嬢様をあきらめて、侯爵家ご令嬢とご結婚なさるかお選びください。私は、お嬢様の御心を痛めつけるような男は、嫌いでございます」

「――――っ」

アルベルトは、何に反論したらいいのか分からないという、憤怒《ふんぬ》の形相だった。

大胆にも、あけすけに物申した執事を、クリスティーナは驚きを通り越して、呆気《あっけ》にとられて見上げる。しかし同時に、ほっとした。

「そう……お父様も、ご存じなのね……」

「はい。大変心苦しくはございましたが、私共はお嬢様のお幸せを第一に考えております。お嬢様、世の中では、初恋は実らないもの、と申します。たとえ今はお辛くとも、お嬢様であれば国一番の、素晴らしい殿方が見つかるはず。どうか一時の感情に踊らされませんよう、心よりお願い申し上げます」

ハンスの言葉は、何故かすとんと胸に落ちた。

生まれて初めて好きになった人を、別の女性に奪われてしまう運命に嫉妬の炎を燃やし、同時に憎しみを煮えたぎらせていた。けれど、恋なんて実らないほうが多いと聞く。一国の王子という、高嶺《たかね》の花よりも、どこかに自分だけを見てくれる男性がきっといると、素直に考えられた。

クリスティーナは、淑やかに微笑んだ。

「そうね……ハンス。ありがとう……」

「いいえ、過ぎた干渉をお許しください」

ハンスも父親然とした笑みを返してくれる。二人の間に、納得の空気が流れたが、アルベルトがその空気を裂いた。

「待て。どうして勝手に、破談の方向へ話を進めているんだ……？」

クリスティーナは、きょとんと眉を上げる。

「え？　だって……殿下はクララ様に惹かれていらっしゃるのでしょう？」

アルベルトは、頭痛がするのか、小さく呻いて額を押さえた。

「まあ、殿下、どうなさったの……？　お体の調子がお悪いの……？」

「……また『殿下』呼びに戻っている……」

彼はじっとりとクリスティーナを見る。

「あのさ、僕たちさっきまで、ここで熱く口づけしてたよね……？」

「あ……」

先程までの色めいた行為を思い出し、ぽっと頬が染まる。けれど——。

「でも……殿方は好きでもない女性でも、口づけできるのでしょう……？」

茶会などでは、浮気をする男性の話もよく聞いた。男性は心を伴わずとも、女性とそのような関係になれる、とも。

アルベルトもきっと、心はクララに向かっているけれど、何となく昔を思い出して、キスをしただけなのだろう。とても情熱的で、ちょっと怖くて、でも蕩けるような素敵なキスだったけれど——。

アルベルトは信じられない、と両手を広げてクリスティーナに詰め寄った。

「僕をそんな薄情な男だと思っていたの？　僕からキスするのは、君だけだ。ダンスだって、踊りたいと思うのは君だけだし、この間クララ嬢と踊ったのだって、いろいろ説明したけれど、結局のところは、エミールが横から彼女を誘えと煩《うるさ》かったからだ。彼女は僕に好意を寄せているようだったから、本当は嫌だったよ……！　いいか、僕が結婚するのは君だけだ！　君以外の女性と結婚するくらいなら、君を殺して僕も死ぬ……！」

――最後のほうの言葉が、よく聞き取れなかったようだ。

ゲームの世界では腹黒かったのに、目の前にいる彼は、なんだか一歩間違えると病んだ人に――。

じりじりと後退していったクリスティーナは、再び壁際に追い詰められていた。

「もとはと言えば、君が原因なんだよ」

「え……？」

彼は口惜しそうに顔を歪める。

「いや……ごめん。君は悪くないよ。だけど、クララ嬢に挨拶をされた夜会で――」

アルベルトが恋に落ちた日だ。普段、社交界では見せない笑顔で、クララに破格の待遇を約束していた。

「クララ嬢が挨拶に来たとき、彼女が着けていた髪飾りが少し、僕が君に贈った髪飾りに似ていると思ったんだ。そこで君が贈った品を身に着けていないとも気付いて、血の気が引いた」

「――それは……」

なんだかやる気が出なかったし、恋敵役の女の子が着けていた髪飾りなんて、身に着けるのも億劫《おっくう》になってしまったので――なんて言えない。

アルベルトは悲しそうに眉を下げる。

「君が僕からの贈り物を身に着けないなんて、初めてだった。そんなに趣味の悪いものを贈ってしまったんだろうかと考えて、頭が真っ白になった。あの日は、軍部の視察が被ってしまったから、君の反応を直接見ることもできなかったし……。この国の流行を作っている君に、センスがないだなんて思われていたらどうしようと考えたら、上手く頭が回らなくなって、咄嗟に、あの子を助けてあげるようなことを言ってしまったんだよ……」

「ま、まあ……そうでしたの……」

額にじわりと汗が滲む。

この国の流行を作っているつもりなんて、全くなかったが、彼は相当気を使って、クリスティーナへのプレゼント選びをしていたようだ。

てっきり、恋に落ちて、クララ嬢の手助けをしたかったのだと思っていたけれど、それも実際のところは、動転して口が滑っただけ。

アルベルトはクリスティーナの顔の横に両腕を付き、逃げ場所を奪う。

「馬鹿な言葉を吐いたせいで、クララ嬢には勘違いをさせてしまったようだし」

「勘違い……？」

「僕が彼女に気があるように思ったみたいだった……。彼女は積極的だよ。僕の言葉を真に受けて、エミールと一緒に王宮に遊びに来たいだなんて言い出した。エミールは彼女に惚れ込んでいるようだったから、エミールと一緒ならいいかと思ったら……君と鉢合わせをしてしまうし……最悪だよ……」

全てシナリオ通りに事が運んでいたけれど、当の本人に言わせれば、『最悪』。

「贈り物を贈ったり、王宮に呼んだりしたのは、母上たちとの茶会の席で、君と彼女の間に諍《いさか》いがあったのだと、勘違いをしていたからなんだ……」

「え……？」

彼は苦しげに顔を歪め、視線を落とす。

「てっきり僕と二人で歩いていた彼女に嫉妬した君が、茶をかけたのだと……。君がそんな真似をするはずがないと気付いてもよかったのだけれど……エミールがそうに違いないと思い込んでいて……流されてしまった。だから、詫《わ》びのつもりで彼女の欲しいものを贈ったり、彼女がまた王宮に来たいと言うから、招待したりしたんだ。全部……君のためだと思って……」

「……まあ。王妃様やアンナ様に、事の次第をお伺いになりませんでしたの？」

随分な暴走ぶりだ。

「聞いたけれど……君に聞くようにと言われて……」

「……じゃあ、私に尋ねられればよろしかったのに」

アルベルトは眉根を寄せた。

「だが……あの日は、君はとても怒っていただろう。君が僕を睨むなんて初めてのことで……動転した……」

確かに、あの茶会の日まで、クリスティーナは輝く瞳でアルベルトを見つめても、睨むなど、想像もできない少女だった。しかし、あの日の時点で、運命を知っていたクリスティーナの心は、十分に嫉妬の炎でどす黒く染まり、アルベルトを信用していなかった。

とは言え、茶会の日は動転しても、後日、質問はできたと思う。

「でも……ご質問いただければ、お答えしましたわよ」

「…………」

返事がない。

「結局、どなたにお伺いになったの？」

「……アンナに……。一か月も連絡を取らないだなんて、捨てられるわよと言われた。――ねえクリスティーナ。君は……僕を捨てたりしないよね……？」

「…………」

捨てようとしていたのはアルベルトのほうだと思っていたので、クリスティーナは咄嗟に何も言えなかった。怒涛《どとう》の勢いで全てをさらけ出され、あまりの情報の多さに、すこし混乱していた。

アルベルトがその瞳を絶望に染め上げた時、のっそりと現れたハンスが、彼の首根っこを掴んだ。

「要するに、お嬢様に嫌われてしまったかもしれないと恐ろしくなり、確認もできず、ただ漫然と侯爵令嬢へ貢物《みつぎもの》をしていただけの、腰抜けです」

「まあ……」

――そう言われれば、そうね、ハンス。

アルベルトは否定せず、大人しくクリスティーナから引き離された。

いつも余裕綽々《よゆうしゃくしゃく》の態度を取っていたアルベルトだが、中身はクリスティーナと大して変わらなかった。相手のためだと行動し、その実、本人には怖くて確認もできず、空回る。

しょんぼりと俯く様は、追いかけっこに夢中になり、庭園のお花を台無しにしてしまって、二人でハンスに怒られた子供時代と同じだった。

クリスティーナは、なんだかお互いに勝手に思い込み、あさっての方向に行動していたのがおかしくて、ふふ、と幼い頃と変わらない、無邪気な笑顔を浮かべた。

「アルも、私と同じね」

アルベルトが目を上げる。

「クー……」

昔の愛称で呼び合うと、胸がじわりと温かくなった。

「私もね、クララ様との関係を聞くのが怖くて、勝手に諦めようとしていたの。二人して、いろいろ考えすぎて、空回りしていたのね。私たち、似た者同士で、おかしいわね」

全てを許す、クリスティーナの笑顔を見た途端、アルベルトはハンスの手から逃れ、勢いよく彼女を抱きしめた。

「ひゃ……っ」

「クーお願いだ……っ。十六歳になったら、僕と結婚すると言ってくれ……！」

恋い焦がれた愛しい人は、ちっとも情緒のない、勢いばかりのプロポーズをした。

けれど、それでも、好きな人に求められて嬉しかった。クリスティーナは、ぽっと頬を染めて、はにかんだ。

「はい、喜んで」

幼い頃から恋してやまなかった王子様は、クリスティーナの返事を聞くと、意外にも涙ぐみ、屈託なく笑った。

幼い頃は、こんな笑顔をよく見ていた。昔を思い出したクリスティーナの胸は、またときめく。

格好いいアルベルトも好きだけれど、素直に自分を求めてくれる彼は、少し幼くて、抱きしめたくなる。

どちらのアルベルト様も――大好き。

クリスティーナはドキドキしながらも、どうしてこんな結果になっているのか、ちっともわからなかった。でも、これがあのゲームのバッドエンドだとしたら、悪くないかも、と胸の中で呟いた。

ハンスが少し離れた場所で微かに笑い、しばらくすると、いつまで抱擁しているつもりですかと、クリスティーナからアルベルトを引き剥《は》がした。


後日になって、ハンスが、こっそりと教えてくれた。

紅色の薔薇の花言葉は、『死ぬほど恋い焦がれています』だった――。

# 二章　王子様　1

婚約者ができた、と聞いたのは、家庭教師が帰った後だった。

毎日五人の教師に、各九十分ずつ講義をしてもらっていたアルベルトの頭は、午後四時にもなると、多くの知識で満杯になり、ちょっと熱っぽくなる。

興奮状態の頭を冷やすために、冷えた茶を用意してくれた執事――ロナルドが流れるように口にした。

「――殿下。以前よりお話し申し上げておりましたが、ご婚約者様について、内定が出されたそうでございます。御休憩後、陛下の元へ参りましょうね」

齢《よわい》五十になる執事は、シルバーグレーの髪をきっちりと撫《な》でつけ、剃《そ》り跡が見当たらない、綺麗《きれい》な口元に優雅な笑顔を浮かべた。

「うん。分かった」

嫌だという気持ちも、嬉《うれ》しいという気持ちもなく、すとんとその言葉を受け入れられる。生まれた時から王子として育てられ、いずれは身分と教養を兼ね備えた婚約者を与えられると知っていたアルベルトにとって、特段特別なニュースではなかったのだ。

国王に呼ばれ、王の私室へ入ると、父と一緒に母も揃《そろ》って暖炉脇《わき》のソファに腰かけていた。

婚約者について正式に知らせるのであれば、謁見の間が相応《ふさわ》しいところだったが、まだ十歳の子供に仰々しくするのを嫌った国王夫妻による、独断の措置だ。

「父上、母上、参りました」

私室だったので、陛下とは呼ばずにそう申し出ると、二人はにっこりと笑んだ。

漆黒の髪に黒々とした髭が男らしい、アルベルトの父――ルーファスは、向かいのソファを示す。

「よく来たね、アルベルト。お座りなさい」

「はい」

三人掛けのソファはとても大きく、アルベルトが中央に座っても、あと四人は座れそうだった。

漆黒の豊かな髪に黒い瞳の母――マリアンネは殊更嬉しそうに瞳を輝かせ、ルーファスが口を開くのを待っている。

ルーファスは愛妻を愛《いと》しげに見つめ返したのち、アルベルトに向き直った。

「ロナルドから聞いているだろうが、今日《きょう》はお前の婚約者について伝えようと思う」

「はい」

うきうきした二人とは対照的に、アルベルトは内心、もったいぶるなあ、と感慨もなく思う。

ルーファスは少し身を乗り出し、にっこりと笑った。

「なんと、ザリエル公爵の一人娘――クリスティーナ嬢が、お前の婚約者になると内定した！」

「やったわね、アルベルト！」

マリアンネは嬉々《きき》として拍手までしてくれる。どうだ嬉しいだろう、という顔の父親と、最高よね、と言わんばかりの母親を見比べ、アルベルトは少年らしくない、大人《おとな》びたアルカイックスマイルを作った。

「ありがとうございます」

マリアンネが眉《まゆ》を上げる。

「あら、嬉しくないの？　クリスティーナちゃんよ？」

「そうだぞ、アルベルト。ごねる宰相をこの一年説き伏せて、やっとお前の婚約者にしてもいいと言わせたんだぞ！　お父様は頑張ったんだぞ！」

父に至っては、自分の努力を褒め称《たた》えて欲しそうに身を乗り出してくる。しかしアルベルトは、曖《あい》昧《まい》に笑うしかできなかった。

一緒に部屋に来ていた執事——ロナルドが、ごく自然に口添えした。

「差し出がましいのですが、両陛下。アルベルト殿下はまだ、クリスティーナ様とのご対面が叶《かな》っておりません」

父と母はぽかんと口を開いた。アルベルトは国家の頂点に立つ二人の、間抜けな顔をぼんやりと見返し、頷《うなず》く。

「ザリエル公爵は、王宮にお嬢様を連れていらっしゃいませんので、僕はクリスティーナ様について存じ上げません。けれど、大変光栄なお話に違いありませんので、謹んでお受けいたします」

ぺこり、と頭を下げると、二人は我に返った。

「そうだったか、マリアンネ？」

父の確認に、母は小首を傾《かし》げる。

「おかしいわねえ。王宮でのお茶会に、毎回はいらっしゃっていなかったけれど、私は何度かお会いしているのに」

そのお茶会は、貴族夫人たちの交流を目的にしていたが、貴族の子女を合わせて呼び、アンナの遊び相手兼、アルベルトの婚約者候補を選ぶという目的もあった。

「会ったことがないのか？　本当に？」

会っているけれど、覚えていないだけじゃないのか、と聞かれても、アルベルトの記憶に、クリスティーナというご令嬢はない。そして若干十歳ながら、聡明なアルベルトには、その裏事情もよく分かっていた。

ザリエル公爵夫人は、茶会のたびに、顔を合わせると、申し訳なさそうに微笑《ほほえ》み、娘が来ていないことを謝罪する。

いつだったか一度、体調が優れないと聞いて、王宮内ですれ違ったザリエル公爵に、クリスティーナについて尋ねてみた。彼は慇懃《いんぎん》に挨拶《あいさつ》を返してくれたが、苦々しい眼差《まなざ》しでアルベルトを見下ろし、たった一言、こう言った。

――『娘はお渡し致しませんからな』

察する、というものだろう。

ザリエル公爵は、アルベルトと娘を会わせたくないのだ。

クリスティーナがいかに聡明で、愛らしい美少女かは、茶会に出席する貴族子女たちから散々聞かされた。そして同時に、ザリエル公爵の溺愛《できあい》ぶりについても、耳にしていた。

アルベルトが気に入った令嬢を指名すれば、婚約者はその人になる。万が一にもアルベルトがクリスティーナを指名しないように、ザリエル公爵は画策していたのだ。アルベルトが出席する茶会にだけは、絶対にクリスティーナを参加させないように――。

だが皮肉にも、これまで開かれた茶会の中で、これといってアルベルトの気を惹《ひ》く令嬢はいなかった。特に婚約者に注文を付けずにいた結果、アルベルトに最高の女性を、と息巻いた両親により、クリスティーナに白羽の矢が立ったのだろう。

少し、ザリエル公爵が憐《あわ》れだ。

アルベルトは苦笑した。

「お会いしたことはありませんが、お噂《うわさ》は沢山聞いています。とてもご聡明で、美しいご令嬢だそうですね。ザリエル公爵の、掌中《しょうちゅう》の珠《たま》だとか」

「それはそうなのだが……本当か？」

父は眉根《まゆね》を寄せ、ロナルドを見る。ロナルドは淡々と応じた。

「殿下がご出席された茶会には、一度もご参加が叶いませんでしたので、事実でございます」

やっと事情を察した父と母は、互いに目を見交わし、にっこりと微笑みあった。

「まあ、じゃあ私たち、とっても気の利く恋のキューピッドですわね、あなた。ザリエル公爵が一生懸命隠してきた宝石も、やっと日の目を見る時ですわ」

「そうだね、マリアンネ。アルベルトも、気に入るに決まっている」

能天気な会話をする二人だ。

自分が気に入ろうが、気に入るまいが、未来の正妃に相応しい女性なら誰《だれ》でもいい。

これが、アルベルトの出した、情緒のない答えだった。


婚約者となったクリスティーナとの顔合わせは、公爵邸で行われた。

本来であれば王宮に招き、挨拶をするものなのだが、最後の最後までごねた公爵により、当日、突然顔合わせを断られる可能性を危惧《きぐ》した父が、アルベルトを公爵邸へ向かわせたのだ。

異例中の異例。

宰相とはいえ、王の臣下であるザリエルに、最終的に拒否権はない。国王が厳しければ、不敬罪で捕まっていてもおかしくないごねぶりだ。両親がなぜそこまでしてクリスティーナに固執するのかも分からないが、父が行けというなら、行こう、くらいの気分でアルベルトは公爵邸へ向かった。

宰相らしい、荘厳でありながら、華美になりすぎない装飾の屋敷に到着したアルベルトは、客間に案内された。毛足の長い絨毯《じゅうたん》に、趣味のよい臙脂《えんじ》色《いろ》のソファが置かれ、窓辺には小さな円卓があり、その上に美しい赤い花が活けられている。天井から垂れ下がるシャンデリアは、王宮で使用している物と同じだった。

執事と従僕を連れてきてはいるものの、国王と王妃が公爵邸を訪れるわけにもいかず、アルベルト一人での対面だ。子供一人で何ができるわけでもなく、顔を見て挨拶をしたらさっさと帰ろう、とアルベルトは淡泊に執事に言いつけていた。

さわさわと空気が揺れるのを感じて、自分が入って来た扉に目を向けると、公爵邸の侍女が扉を開いた。まず目に入ったのは、黒い燕尾服《えんびふく》を身に着けた青年だ。黒髪にとび色の瞳《ひとみ》。格好からすると執事なのだろうが、その顔は二十代そこそこに見えた。彼はちら、とこちらを見る。自分を値踏みする目だと瞬時に分かったが、アルベルトは泰然と彼を見返した。

彼はふい、と視線を己の背後に向け、身を屈《かが》める。彼の手を取ったのは小さな手のひらだった。どき、と期待も何もしていないはずの、自分の心臓が跳ねる。

誰でもいいと考えながら、心のどこかでは、どんな子だろうと想像を巡らせていたのだ。クリスティーナについての噂は、どれもいいものだった。

たくさん聞いたのは、アメジストの瞳。次に聞くのは銀糸の髪。そして愛らしい顔、優雅な仕草。笑った顔は、天使だとまで。

噂に尾ひれがついて、随分と持ち上げられたご令嬢だ、と冷静に分析していた。きっと期待した分、それを裏切られるのだろう、とも。

若い執事に手を引かれ、その女の子は、子供の癖に、流れるように優雅に部屋に入ってきた。淡いクリーム色のドレスを身に着けた彼女の視線は、足元に落ちている。一歩動くごとにさらりと揺れる銀色の髪は、まさに銀糸だった。シャンデリアの光を弾《はじ》き、作り物めいた輝きを放っている。

立ち上がったアルベルトの斜め向かいに立ってやっと、彼女は瞳を上げた。ゆっくりとこちらを見上げた女の子の瞳を見たアルベルトは、息を呑《の》んだ。

大きな紫色の瞳は、艶《つや》やかなアメジスト。澄んだ紫色の瞳をこちらに真《ま》っ直《す》ぐ向けて、彼女はほんの少し緊張した笑顔を浮かべた。

「……初めまして。クリスティーナ・ザリエルと申します。わざわざ足を運んでいただきまして、心より御礼申し上げます」

言い終わると、ドレスを摘《つ》まみ、礼を取る。若干七歳ながら、公爵令嬢としての気品を感じた。

幼い声は甘く、耳だけでなく、アルベルトの心臓にまで染み込む。優しそうな眉、弧を描く唇は紅をさしたように赤く、彼女の白い肌をより一層白く見せる。銀糸の髪に弾かれた光の瞬《またた》きが背景となり、自分より一回り小さな彼女を包み込んだ。

恥ずかしそうに笑った彼女は、天使そのものだ。

婚約の際、挨拶は男からするものだが、恐らく、公爵邸を訪ねさせた手前、先に挨拶するように言われていたのだろう。

アルベルトは、一目で恋に落ちた。

どきどきと鼓動を打つ心臓の音を感じながら、彼女の前に膝《ひざ》を折る。

「お会いできて嬉しく思います、クリスティーナ様。アルベルト・ノインです。この度は、私の婚約者となっていただけたとのこと。身に余る光栄です」

予定では、軽く挨拶をするだけなので、簡易な礼を取るだけだったが、アルベルトは騎士の礼を選んだ。貴方《あなた》に首を差し出し、従う、という意味を持つ騎士の礼を、王族は好まない。だがこの姫を逃してはならない、と本能的に思ったアルベルトは、周囲の雰囲気も了解したうえで、この挨拶を選んだ。

自分を値踏みした執事、決して会わせようとしなかったザリエル公爵、公爵の意向には逆らわない公爵夫人。

最上級の誠意を示さなければ、あっさりと婚約話が流れてしまうかもしれない。

彼女の小さな手を取って、口づけを贈ると、びく、と手のひらが震えた。

怯《おび》えてしまっただろうか、と見上げた彼女は、美しい瞳を丸くして自分を見下ろし、次いで首まで真《ま》っ赤《か》に染めた。

――よし。

アルベルトは己の選択が正しかったと、内心拳《こぶし》を握る。彼女の反応は、明らかにアルベルトと同じく、相手に好意を抱いていた。

アルベルトは彼女に、己ができる最高の笑みを向ける。真っ赤になった彼女は、唇をわななかせて、視線を逸《そ》らした。とてつもなく可愛《かわい》らしい、初心《うぶ》な反応だった。

立ち上がると、クリスティーナの隣に黒い影が現れた。銀髪に青い瞳の男は、小じわが目立つものの、五十代ながら未《いま》だ色香を漂わせる。高い鼻の下の唇が、僅《わず》かに笑った。

「ご丁寧なご挨拶、痛み入ります、殿下」

声音に若干の悔しさが滲《にじ》んだ。

クリスティーナの父であり、ノイン王国宰相である――ザリエル公爵その人だった。

一通り挨拶を済ませ、アルベルトとザリエル親子はソファに腰かけた。座るなり、ザリエル公爵は口を開く。

「では殿下、私の娘を婚約者に、というようなお考えがあるのでしたら、私からお願いがございます」

お考えも何も、既に決定事項だ。国王による正式通知があったにもかかわらず、ザリエル公爵にとっては、未定事項らしい。言葉の端々に不本意である、という気持ちを滲ませながら、彼は真顔で言った。

「私の娘はまだ七歳でして。十歳である殿下にとっては、拙《つたな》く、愛らしいと思われる点も多々あることでしょう」

親馬鹿《おやばか》な発言だ。

隣に座る少女を見る。きょとん、と父親を見上げる姿は無防備であり、猫可愛がりしたくなる愛らしさが溢《あふ》れ返っていた。

ザリエル公爵の発言を否定もできず、アルベルトは曖昧に微笑む。ザリエル公爵の目が、かっと見開かれた。

「あまりの愛らしさに、遠からず、おいたをしたくなるものと思いますが、よろしいですかな。一切！　結婚するまで、一切！　私の娘においたを働いてはいけません！　万が一そのような事実があった場合、この私が如何《いか》なる手段を用いてでも、このお話を白紙に戻しますからな！」

「…………」

アルベルトの微笑みは、強固だった。

王子として培われた外交能力を発揮させる最初の場所が、婚約者の父親に対してだった、という点だけは遺憾であるが、仕方ない。

クリスティーナは父親が何を言っているのかよく分からないようだ。あどけない顔で、首を傾げている。

返事を躊躇《ためら》ったアルベルトを、鋭い眼差しが射抜く。正面からと、斜め向かいからだ。ザリエル公爵は当然だが、公爵邸の執事もまた、同じ考えらしい。とび色の瞳が冷え冷えと自分を見下ろしていた。

――すごく、やりにくい……。

アルベルトは、時間を要したものの、穏やかに応《こた》えた。

「分かりました……」

「よろしい。王妃などという重責、本来であれば私の娘に課したくはなかったのですがね。では今後、娘との健全なお付き合いを許します」

もはや王の臣下の発言ではない。

父親としてのザリエル公爵に、婚約の許可をいただけたノイン王国王太子・アルベルトは、この約束を守るつもりではあったけれど、天使を前に、彼の理性はたびたび決壊することとなった。

## 2

クリスティーナとアルベルトが打ち解けるまで、さして時間はかからなかった。数回公爵邸へ通えば、彼女は無邪気に好意を見せてくれるようになった。

玄関ホールで、自分を出迎える彼女の瞳は喜びで満ち溢れ、他《ほか》の貴族子女へ向けるのとは違う、安心しきった笑顔を見せてくれる。そんな彼女を見るたびに、触れてみたい衝動が増えた。

残念ながらいつも侍女や、目力のある執事に見守られているため、触れる機会はなかったけれど、たびたびアルベルトの視線は、花弁のように美しい、彼女の唇へ引き寄せられるようになった。

それは、朝から雨がひどい日だった。クリスティーナと会う約束をしていたアルベルトは、天気を理由に出かけないという選択肢もあったけれど、会いたさのほうが勝った。

玄関ホールで自分を出迎えた彼女は、瞳と同じ紫色のドレスを着て、嬉しそうに笑った。

「雨なのに、来てくださってありがとう、アル」

「クーとの約束を、雨だからって破るわけないでしょ」

すっかり気心の知れた間柄になっていた二人は、僅か数か月で、互いを愛称で呼び合う仲になっていた。

彼女は照れくさそうにはにかんで、手を引く。

「じゃあ、今日は図書室へ行きましょう？　ひいおじい様のご本がたくさんあるのよ。お星さまの本」

「うん」

クリスティーナと過ごせるなら、場所はどこだってよかった。彼女に手を引かれて二階へ向かうと、今日は侍女が一人ついて来た。他の侍女は、護衛で濡《ぬ》れた騎士たちに布を渡したりしていて、手が空いていない様子だった。

ザリエル公爵邸の図書室は、王宮のものよりも小さくはあったが、非常に多くの書物を置いていた。一千冊を超える所蔵だと侍女の説明を受け、四角い室内に整列する書架を見て回る。クリスティーナは、普段からここを使っているらしく、直《す》ぐに目的の書架へ向かった。

天気が悪く、真っ暗な室内に光を入れるため、侍女は窓辺へ向かう。

「アル！　こっちよ」

彼女は部屋の奥から二列目の書架の間にいた。もう本を取って、床に座り込んでいる。窓際にはいくつか読書用の机が並んでいたけれど、きっと彼女は普段から通路に座り込んで本を読んでいるのだろう。侍女もちらりと彼女を見たが、カーテンを開けるほうに専念した。

アルベルトは彼女の隣に座り、本を覗《のぞ》き込んだ。

開いているのは、星座の絵を描いた本だ。子供向けらしく、大きな文字の説明文が書かれている。

「アルは知っていて？　お星さまを繋《つな》げると、動物や神話の女神さまになったりするの。それにね、お星さま同士が、恋をしていたりするのよ。素敵でしょう？」

星座については、一般知識を身に着けていたので、ある程度は知っていた。

彼女は楽しそうに星座それぞれにまつわる、昔語りを話して聞かせてくれる。

侍女がカーテンを開けてくれたおかげで、クリスティーナの横顔がよく見えた。楽しそうに瞳を輝かせて、本に夢中になっている横顔は、とても綺麗だった。

光を弾く銀髪。長い睫《まつげ》も銀色で、光に透けている。光がアメジストの瞳に差し込むと、宝石以上に美しい煌《きら》めきを生んだ。小ぶりな鼻に、柔らかそうな赤い唇。

白桃のような頬《ほお》に口づけてもいいだろうか、と思った時、彼女がふと顔を上げた。

「……」

彼女はきょとんと自分を見返す。大きなアメジストの瞳が、自分だけを見ている。

——僕だけを見てくれたらいいのに。

彼女の瞳に映るすべてが、自分だけだったらいいのに、と本に嫉妬《しっと》を覚えた。愛らしい唇が、うっすらと開く。視線が瞳から唇へ落ちると、何も考えられなかった。

アルベルトは、体が傾《かし》ぐまま、そっと彼女の唇に自分の唇を押し付けていた。

永遠のような、ほんの一瞬のような一時だった。彼女の唇はとても柔らかくて、気持ちよかった。

唇を離すと、怒ると思った彼女は、かあ、と真っ赤に頬を染めて、唇を押さえた。その反応がとびきり愛らしくて、アルベルトはつい、にやっと笑う。唇を押さえる彼女の手を掴《つか》み、びくりと跳ねた彼女の怯えを無視して、耳元に囁《ささや》いた。

「みんなには、内緒だよ」

彼女ははっとした。

慌てて後ろを振り返る。カーテンを開けていた侍女は、今は図書室入り口付近のカーテンを開けているところで、こちらには目を向けていなかった。

ほっと肩の力を抜いた彼女の腰に腕を回すと、また体が緊張する。自分でもこんな行為は初めてだったけれど、お兄さんぶりたくて、余裕のあるふりをした。

彼女の心臓の音が聞こえるようだった。真っ赤になって、瞳を潤ませ、恥辱と罪悪感で震える年下の女の子は、最高に可愛かった。

アルベルトは高揚する気持ちを抑えきれず、額を合わせて、小さく言った。

「……またしようね」

子供らしくない、妖艶《ようえん》な眼差しを受けた彼女は、打ち震えながら小さく頷いた。

アルベルトは快哉《かいさい》を叫びたい気持ちだった。

口づけを許してくれた。それは——彼女も自分と同じ気持ちだということだ。

——愛しい、愛しい、愛しいクリスティーナ。可愛い僕の天使。

誰もが振り返るような、最高に可愛い天使が、他の誰のものでもない、自分の婚約者であることを、神に感謝した日だった。


仲良くなればなるほど、彼女は可愛らしい我が儘《まま》を言うようになった。

こちらの予定を聞かずに、週末は必ず公爵邸へ来て、だとか、突然王宮にあがってきて、街へお出かけしましょう、なんて言うのだ。

三歳の差は、割と余裕を持って、彼女の我が儘を受け入れさせた。

彼女の我が儘を聞けるときは、苦笑しながらも聞いてあげられたし、彼女は彼女で、こちらが駄目だと言えば、愛らしくむくれはするが、引き下がる。

なにより、瞳を輝かせておねだりをする彼女は、ものすごく可愛かった。

数年が経過した頃《ころ》、彼女に求められて、街の宝飾品店を回っていた時だった。彼女が選ぶ宝飾品は、どれもこれも最高級品で、値段が高ければいいのかな、と適当に近くにあったブローチを取った。十二種類もの宝石を利用した丸いブローチは、宝石を使っている分、店内でも最高値の部類だ。

「……アルベルト様？　なにかいいものがありまして？」

髪に青い宝石の髪飾りを挿した彼女が、手元を覗き込む。そして一瞬、眉根を寄せた。

彼女は直ぐに表情を改めて、にっこり微笑んだ。さり気なくアルベルトの手からその宝石を取り上げ、元の場所に戻しながら、別のカウンターを指差す。

「ねえアルベルト様。私、あちらの髪飾りが見たいの。ご一緒に見てくださる？」

「ああ……うん」

ショックだった。可愛い自分の天使が、初めて顔を顰《しか》めた。それも、自分が選んだ宝石を見て。あれは明らかに、彼女の趣味ではない宝石だったのだろう。

改めて彼女を見てみる。銀の台に青い宝石をいくつか並べた髪飾り、真珠のネックレス、青いドレスは最先端の型だ。カウンター越しに彼女を見た宝飾品店の店主は、彼女を見るなり、相好を崩す。

「こちらなどはいかがでしょうか？　お嬢様の瞳にぴったりでございます」

貴族と見れば、高い商品ばかりを押し付けると思っていた店の主は、彼女に高くもなく、安くもない石のブローチを差し出した。薄く削《けず》った紫色の石と青い石を組み合わせて、花の形にしたそれは、確かに美しく、彼女に似合っている。

彼女は嬉しそうに頬をほころばせた。

高くなくても、嬉しそうだ――。

それから、彼女の着ている服や髪飾り、ネックレスなどをつぶさに観察して、贈り物を選ぶ際は、とても苦心した。店員の助言も聞きながら、彼女のセンスに見合うように、と。

十三歳になった頃から、彼女の胸が膨らみ、腰がくびれ、色香が尋常でなくなり始め、アルベルトは色んな意味で忍耐を強いられた。

ザリエル公爵との約束を反故《ほご》にすれば、婚約そのものを流されるかもしれない、という究極の選択を前に、理性を保っていた。

しかし、彼女はこちらを試すかのように、十四歳の社交界デビューを機に、ドレスの型を変えた。豊満な胸を見せつける、襟ぐりの深い、男なら吸い付きたくなるようなドレスを作らせたのだ。

初めて見た時は、目のやり場に困ってたじろいでしまった。そんな格好をして他の男の目を集めてどうするのだ、と苛立《いらだ》ちも覚えたが、既に彼女の虜《とりこ》となってしまっていたアルベルトには、注意するような根性はない。それに、少なからずそのデザインを喜んでいる自分もいた。

唯一、自分の顔が嫌らしくならないように、紳士的な笑顔を保つのには苦労した。

クリスティーナが、そんなドレスを着て、鮮やかな化粧をすると、社交界の流行が一変した。それまで首を覆う形のドレスばかりが流行《はや》っていたのに、彼女が作った扇情的な型が流行り出したのだ。

彼女を追うように、女性陣は華美に、露出の多いドレスを着るようになってしまった。

彼女が新しい髪飾りを着ければ、皆がこぞって似たようなものを選ぶ。彼女が羽飾り付きの扇子を使えば、それが主流になる。

誕生日のたびに贈り物をするアルベルトにとって、これはかなりのプレッシャーだった。自分が贈る品を、いつも彼女は嬉々として身に着けてくれる。夜会などでは必ず何か使って、人に自慢してくれるのだ。

そして彼女が十五歳になる誕生日。

成長した彼女は、恐ろしく美しい女性だった。

腰まで届く銀糸の髪。大きなアメジストの瞳はそのままに、長い睫を巻き、目尻《めじり》に色香溢れる化粧をのせる。愛らしいばかりだった唇は、今や微笑むだけで口づけたくなるような、ぷっくりとした艶を放ち、白く染《し》み一つない柔肌を見せつける胸の膨らみは、視界に入れると手を伸ばしてしまいそうだった。腕を回すと、折れそうに細い腰。そして触れる全《すべ》てが柔らかい、彼女の体。

侍女や執事の目を盗んで、王宮の木陰や、夕日が綺麗に見える秘密の丘、彼女の屋敷の図書室などで口づけていたが、彼女が十四歳になってから、自制が効かなくなりそうになっていた。

今すぐにでも自分のものにしたい衝動を抑えようもなくなり、苦渋の選択ながら、彼女と距離を取った。会えば触りたくなるのだから、どうしようもない。

誕生日ぐらいは会いたかったが、軍部の視察が入ってしまって出かけられなくなり、結局、贈り物とピンクの薔薇《ばら》、そしてカードを添えるだけになった。ピンクの薔薇にこめられた、『美しい少女』という花言葉は、彼女のための言葉だと思った。

しかし誕生日に会いに行かなかったのがいけなかったのか、この日を境に、彼女がそっけなくなった。


夜会に迎えに行けば、頬を染め、瞳を潤ませて出迎えてくれていたのに、誕生日の後の彼女は、どこかどうでもいいような、白けた雰囲気を漂わせていた。

化粧やドレスも、派手なものではなく、淑《しと》やかな、今の彼女にぴったりの大人びた色に変わっていた。きらびやかな彼女は、咲き誇る大輪の薔薇のようだったが、淑やかな色を着ると、女神が降臨したかのような、神々しい美しさだった。

ダンスを踊っている間は、切ないような、熱い視線をアルベルトに注いでくれたが、踊りが終われば、すい、と視線を落として、他の男と踊りはじめる。

女神のように美しい彼女を眺められるだけでなく、腰に手を回し、豊満な胸を見おろす男どもを見ると、殺意が湧《わ》いた。しかし一国の王子である以上、彼女を独占するわけにもいかなかった。夜会はダンスを楽しむ場ではなく、情報交換の場だ。

多くの貴族と話をしなければならなかったし、美しい婚約者を独占したがる、狭量《きょうりょう》な人間だと思わせるわけにはいかない。

そしてある日、侯爵家の令嬢として迎え入れられたという少女を見た時、自分がクリスティーナに贈った髪飾りと似たような飾りをしていると気付いた。血の気が引いた。

——僕の贈り物を、彼女は身に着けていない……。

とうとう、センスのない贈り物をしてしまったのか、と頭が真っ白になった。

「……殿下？」

シェーンハウゼン侯爵が訝《いぶか》しく問いかけてきて、我に返った。焦った顔など見せてはいけない。可能な限りよい笑顔を作り、聞き流していた彼女の自己紹介を何とか思い出した。

侯爵家へ迎え入れられたばかりで右も左もわからない、そんな挨拶だった。それなら、国民を守るべき立場である自分の役目を果たさねばならない。

「初めまして、クララ様……。そのように、ご不安そうなお顔をされずとも、大丈夫ですよ。……慣れぬこともあるでしょう。私でよければ、いつでもご相談に乗りますよ」

「……あ、ありがとうございます……っ」

きらきらと輝きを放つ瞳、朱を上らせた頬、嬉しそうな口元を見て、しまった——と思った。

あまりに不慣れな様子だったため、口を滑らせていた。

アルベルトは、王子であるからには、国民ひとりひとりを守り、安寧を与えねばならない、という考えが幼い頃から刷り込まれている。

貴族たちは民を守るべき筆頭であり、民を虐げてはならぬ——とも。

うっかり、彼女がその貴族令嬢となっているのを忘れていた。貴族たちは、民と違う対応をせねばならない。誰か一人を重用するような言動は避けなければならなかったのに――動揺のあまり、素の自分で、助けてあげようなどと応えてしまっていた。

自分で言うのもなんだが、王子であるアルベルトは、女性に人気がある。多くの貴族令嬢が自分に好意を寄せてくれる。

現国王――父は、正妃だけを置いているが、ノイン王国では、王族に限り、側室も許されているのだ。あわよくば側室に、と考える令嬢は少なくない。

そして、目の前にいる令嬢になりたての、無垢《むく》そうな少女も、彼女たちと同じ瞳をしていた。いくらなんでも、アルベルトに婚約者があることは、国民周知の事実だ。期待に満ちた瞳には、少なからず側室へ召し上げられたい、という願望が垣間見えた。

彼女は思わず、といった風情で、呟《つぶや》いた。

「お噂に違《たが》わず、かっこいい……」

アルベルトの中で、カチリと何かが切り替わる音がした。

僕は――クリスティーナ以外は無理だよ？

婚約者がある男に、無意識でも色気を見せるような女性に興味はなく、何より、アルベルト自身、クリスティーナ以外の女性に興味がない。

内心拒絶の言葉を吐いたものの、告白もされないうちからお断りを入れるわけにいかず、その場は笑顔で乗り切った。そして、どこにいようが見つけ出せる、己の婚約者は、何故《なぜ》かこちらに背を向けてワイングラスを取った。

——こんな場所で酒なんて飲んだら、他の男たちに狙《ねら》われてしまうじゃないか。

彼女を狙う男は多い。

王子の婚約者であるため、大っぴらに口説いたりはしないが、アルベルトと一曲を踊った後、彼女へ殺到する男の数は尋常でない。

一瞬でも隙《すき》を見せたら、男は動くものだ。未成年でありながら酒を飲む様など、夜会ではありふれた光景だったが、ことクリスティーナに限っては別だ。

宰相であるザリエル公爵の娘の不始末として、狡猾《こうかつ》な男に利用されたらどうする。

内心焦りながら、挨拶に寄ってくる貴族たちをあしらい、大股《おおまた》で彼女の元へ向かった。

歩いているうちに三口飲んでしまった。

他の貴族から見えないように彼女の背中に立って、ワイングラスを取り上げると、彼女は怯えた目をした後、とてつもなく可愛らしく駄々をこねた。

「何をしているの……？」

「だって……だって……っ」

——だってじゃないでしょう。三口飲んだだけで、いつもの数倍可愛いよ？

抱きしめて口づけたい衝動を我慢し、ワインを飲み干す。彼女は驚いてこちらを見上げ、震えた。

どうやらアルベルトが怒っていると思ったようだ。

怯える彼女には、妙に興奮を覚えるので、誤解は解かずに囁いてみる。

「悪い子だね、クリスティーナ。悪戯《いたずら》をしておいて、そんな顔をするなんて。わざとしているの？」

涙を堪《こら》える彼女の表情は、嗜虐心《しぎゃくしん》を煽《あお》った。苛《いじ》めてしまいたい気分を抑えたくて、そんな顔をしないで、と言えばますます涙ぐんだ。

アルベルトは、可愛いなあと思いながら、目尻に口づけた。優しく体を包み込んでやると、彼女は頬を染め、潤んだ瞳で愛らしく呟いた。

「……お慕いしておりますわ、アルベルト様……」

アルベルトは、突然の告白に眉を上げ、苦笑した。

悶絶《もんぜつ》物の可憐《かれん》な告白だった。

期せずして、会場に来た他の男たちに、彼女が自分に夢中である様を見せつけられたのだ。優越感は半端ではない。

だが人前で感情のまま、もみくちゃに彼女を抱きしめるわけにもいかない。アルベルトは、余裕を見せるために、ゆったりと笑んだ。

「ありがとう、クリスティーナ」

彼女は、大人びた美しい笑みを返してくれた。

## 3

シェーンハウゼン侯爵家の令嬢――クララは非常に積極的な女性だった。アルベルトの友人、エミールを籠絡《ろうらく》し、彼を使ってアルベルトとの接触を図る。これまでそんなに積極的な女性が居なかったため、押されてしまって、つい来宮を許可してしまった。

王宮のお庭を見てみたい、なんていうありふれた理由で、王子の時間を潰《つぶ》そうだなんて、大胆な女の子だ。十八歳になったアルベルトは、来年のクリスティーナとの婚礼も控え、政務と階級を変えられる予定の軍部、もろもろの準備で割と忙しい。

片想い中らしいエミールの頼みでなければ、絶対受けていなかった。

彼女は侯爵家へ養子に迎えられるまでの、一般庶民の生活について話してくれる。おいしいクッキーの作り方、手作りのコースター、レースの編み方、野菜の作り方や朝市の話など、アルベルトやエミールの知らない世界の話をして、楽しませてくれた。

一般の生活を見られないため、彼女の話は参考になった。同時に、エミールがその目新しさに興味を覚え、彼女の整った容姿も手伝って、夢中になっているのだとわかる。

だがアルベルトにとっては、それだけの女性だった。端々で感じる、クリスティーナへの嫉妬が、より彼女へ向ける眼差しを冷静なものにしたのかもしれない。

「この髪飾りも、実は手作りなんです」

「へえ、すごいね」

湖畔を歩きながら、彼女は自分の髪飾りを指差す。レースと毛糸と石を、銀の台座に組み合わせた、翼の形の髪飾りだ。その出来がどうかはさておき、髪飾りが手作りできるという点に驚いた。

薄青色のドレスを身に着けたクララは、照れくさそうに笑う。

「えへ。でも、クリスティーナ様が使っていらっしゃる髪飾りは、どれも一級品ばかりで、すごいなあ、って思っちゃいます。私なんて手が出ない、とっても高いお品ばかりなので、羨《うらや》ましい、なんて」

「……そう……」

アルベルトは、ことさら優しく微笑んだ。カチリ、と胸の中で何かが鳴った。

彼女はクリスティーナが羨ましいのだろう。自分が手に入れられないものを身に着けて、人目を惹きつける、生粋《きっすい》の貴族令嬢が。自分もその令嬢の一人になったという自覚は、まだないらしい。

エミールが聞けば、即座に新しい髪飾りを買ってあげる、と言いそうだ。

「やっぱり、クリスティーナ様は、アルベルト殿下におねだりされるんですか？　高いものばかりだから、大変そうですけど……」

その言葉に、アルベルトの中でまた、カチリと音が鳴った。

心配そうに眉を下げて尋ねているが、その実、クリスティーナが傲慢《ごうまん》な人間だろうという思い込みから来る質問だった。苛立ちを隠すために、笑顔を深める。

「どうかな。おねだりされることもあるけれど、可愛いものだよ。それに、彼女が選ぶ商品は、全てが高額というわけではないんだよ。彼女が気に入った、美しいものを、彼女は選ぶんだ」

「へえ、意外だなあ。お店で一番高いものばかり、選んでいらっしゃるんだと思っていました。庶民は駄目ですね。高ければそれだけでセンスがいい、なんて思っちゃいます」

「…………」

アルベルトはこの会話に退屈を覚え、顔を上げた。そして、すぐに西園の外回廊に視線が吸い寄せられた。銀糸の髪がふわりと風に舞った。

「――クリスティーナ……？」

声を掛けたが、少し距離があったため、聞こえなかったようだ。彼女は薔薇園の方へ向かって行く。追いかけようかと思った時、彼女はこちらを優雅に振り返った。

美しい彼女の顔に、笑みを浮かべようとして、頬の筋肉はそのまま凝り固まった。

優し気な彼女の眉は、きりりと吊《つ》り上り、自分を愛しく見上げるばかりだったあの紫色の瞳が、憎悪を込めてこちらを睨《にら》みつけた。

「――――」

全身の血の気が失《う》せた。

クリスティーナが、自分を睨んだ。ほんの一瞬だった。だがそれは、激烈なダメージを与えた。

何がいけなかったんだ？　と考えて、はっと隣の女の子を思い出す。

到底彼女と同い年とは思えない、幼い考え方をした少女。異性として欠片《かけら》も見ていなかったけれど、この状況は二人きりで散策をしているようにしか見えなかった。

クリスティーナに勘違いをさせたのだ。

クララが口を押さえ、こちらを見上げる。

「大変……っ。クリスティーナ様、きっと誤解なさいました……。どうしよう、すごく怖いお顔で、私を睨んでいらっしゃいました……っ」

――何を言っているの。彼女は、僕しか見ていなかったじゃないか……。

アルベルトが思いを口にするのを待たず、彼女は駆け出した。

「私……っ誤解を解いてきます……！」

「待っ……」

引き止めるのが無駄に思える速さで、彼女は薔薇園へ駆けて行った。

クリスティーナは、あんなに速く走れない。

あれが生活の違いなのかと、どうでもいいことを考えていたら、エミールが戻ってきた。

「あれ、クララちゃんは？」

「……薔薇園に行ったよ」

何となく恨めしい気持ちで、アルベルトは友人を睨んだ。

クララを追ってという体《てい》で、クリスティーナの姿を追ったアルベルトが、薔薇園へ到着すると、クララが悲鳴を上げていた。

母と妹は呆然《ぼうぜん》とクララを見守っている。多分、聞き慣れない大きな声に驚いて、反応できないのだろう。だが、クララの状況にはどんな想像も及ばなかった。

薄青色のドレスに紅茶がかかっている。クララの前には、空になった紅茶のカップを持つ、麗しい己の婚約者《クリスティーナ》。

エミールが眉根を寄せた。

「クリスティーナ様……？」

その疑わしそうな声が意味するところを、察する。

クララと二人で歩いていたアルベルトを見た彼女は、嫉妬をしたのではないだろうか。見たこともない顔で、睨みつけてきたのも、そのためでは。

喚《わめ》くクララを侍女が連れていってくれたおかげで、場は静まった。

しかし、彼女は嫉妬に駆られて茶をかけるような女性では——と考えた時、エミールがまた懐疑的な声を上げる。

「何があったのですか……？」

ただの貧血だろうと答えるクリスティーナに、エミールがしつこく状況を尋ねた。

「そうですか……。だけど、どうして茶器をお持ちだったのです？」

彼女は美しい笑顔を作る。長く共に過ごしてきたアルベルトには、それが作り物だとすぐに判断できた。

「カップが落ちそうだったので、掴んだのです。ご安心を。私はどんなことがあっても、女性に嫌がらせをするような、矜持《きょうじ》のない人間ではございません」

確かにクリスティーナは、無様に嫉妬に狂うような女性ではない。だがエミールは信じ切れないという空気を醸し出した。

まさか、ありえない、だが——と状況判断に迷ったアルベルトは、彼女の顔に未だ冷たい、怒りを見つけた。

アルベルトは目を見張る。

やはり誤解をさせてしまったのだろうか、と焦ったその時、冷たい——自分を愛していないような、凍りついた瞳が自分を睨んだ。

アルベルトの頭は、冷静さを失った。一度ならず、二度までも彼女に睨まれたのだ。しかもその眼差しは、自分を見限らんばかりの鋭さだ。

大切な自分の婚約者に嫌われたかもしれない、と恐怖を覚えた。

こんな日が来るとは夢にも思っていなかったアルベルトは、奥歯を噛《か》みしめる。

内心の不安と焦燥とは反対に、口元は強がりの笑みを浮かべていた。

恐らく、彼女は嫉妬のあまりクララに茶をかけてしまったのだろう。

「それにしては、私の婚約者殿は、随分とご立腹だ」

混乱して口にした言葉は、我ながら最低だった。

否定してくれ、という思いとは裏腹に、彼女はふいと視線を逸らす。アルベルトの言葉に何の反応も示さず、母と妹に挨拶をした。帰宅するために脇を通り抜けた彼女は、微塵《みじん》もアルベルトを見なかった。

彼女が怒っている。——本気で。

それは分かるが、怒った彼女にどんな対処をしたらよいのか、アルベルトには全く分からなかった。

会いに行って拒絶されたら、立ち直れない。万が一公爵邸を訪ね、正面から、大嫌いなどと言われたら――？

幼い頃から大好き、と無邪気に自分を慕ってくれていたクリスティーナ。

愛してやまない天使。

自分に冷たい眼差しを注ぐ、母と妹にも気付かなかった。

震えるほど混乱したアルベルトは、情けなくも、問題の解決を先送りにした。


アルベルトは、クララに手紙を書いた。

あの日の状況を聞きたい旨と、欲しいものがあれば、好きなものを贈るという謝罪の意味を込めた手紙だ。まだ侯爵邸へ居住を移したばかりで、装飾品などが少ないと言っていたので、ちょうどいいだろうと思った。

手紙を読み飛ばしたのか、クララからの返事には、あの日の出来事について何一つ情報がなかった。

代わりに、一緒に街に行きたい、であるとか、もう一度王宮に行って、今度はどんな勉強をしているのか聞いてみたい、だといった要望が書いていた。

これは遠まわしな謝罪要求かと思い、エミールを交えて街へ出かけ、彼女が欲しがった少し高価なケーキやお菓子、ささやかな髪飾りなどを買った。ささやかに徹したのは、同行したエミールが、率

先して高級品を買い与えまくっていたからだ。

彼女は恐縮しながらも、エミールをまんざらでもない表情で見るようになっていた。

エミールの恋が成就しそうで、よかったと思った。


しかし、自分の婚約者には、一か月も会えなかった。

嫌われていたらと思うと、恐ろしくて二の足を踏んでしまったのだ。

二人で出席予定だった夜会の日、精一杯、平静を装って迎えに行った。

久しぶりに顔を合わせた彼女は、どうしようもなく美しく、そして機嫌が悪い横顔さえも愛おしく感じる。馬車の中で、感情のまま腰を引き寄せ、何とか会話をしようと、贈り物について尋ねてみた。

機嫌窺《うかが》いに贈った花は、花言葉に『永遠の愛』『変わらぬ誓い』『貴方しか見えない』という意味を持つ各種花を揃えたのだが、彼女は全く気付いていない。

どんな花だったか尋ねても、答えられないところをみると、花そのものを無視されたのだろう。少し落胆してしまい、本音がもれた。

「やっぱり、花なんて贈るんじゃなかったな……」

連絡を取らなかった間、アルベルトは悶々《もんもん》としていた。

クリスティーナに会うのは恐ろしい。けれど彼女に気持ちを伝えたくて、何を贈ればいいか考えに考えた。考えすぎて、わけが分からなくなって、結局、凡庸《ぼんよう》な花という選択肢を取った。

やはり花なんかでは、彼女の気を惹けなかったようだ。

こんなにも君を想い、愛しているという気持ちを伝えたいのに、どうしたらいいのか分からない。十五歳の誕生日に贈った髪飾りも、これまで一度も使ってくれていない。やはりあれは、趣味が悪かったのだ。

それなら、また別の髪飾りを贈ってみよう。この気持ちを伝えられるような――。

アルベルトはきゅっと口元を小さくしたクリスティーナを、愛しく見つめた。

「次は、もっと別なものを贈るよ、クリスティーナ。君が気に入るような、ずっと高価なものを」

未だに女性ものの商品を選ぶのは苦労するけれど、次こそは、クリスティーナに似合いの、最高の品を贈ろう――。

言葉を聞いた彼女は、きりりとした眼差しを向けてくる。

「――高価なものであれば喜ぶとでも、思っていらっしゃるの？」

アルベルトはくすりと笑った。

そうだった――。クリスティーナは、高価なものが欲しいのではない。彼女に似合いの、趣味のいい品だけを選ぶ人だった。

本当に難しい。大好きな君のために、何でもあげたいのに。

「悪い子だね……僕を困らせて」

機嫌が悪くても、一緒に夜会に出向いてくれるだけで十分だった。

ぷい、とそっぽを向いた仕草も愛らしく、髪の隙間《すきま》から見えた首筋は、白く滑らかだ。

久しぶりに彼女と言葉を交わせて高揚したアルベルトは、彼女に触れたい衝動を抑えきれず、従者の前で彼女の肌にいくつも口づけを落としてしまった。

さすがにいつものように、可愛い反応を返してくれて、少しほっとした。


だが、ほっとしたのも束の間、彼女の機嫌は急降下した。

夜会の席で、クララは空気を読まず、アルベルトとの会話を終わらせようとしなかった。他の参加者たちが周囲でタイミングを見計らっているのを感じるが、隣にいるエミールが話題を振るものだから、延々話す羽目に陥《おちい》る。

更に、タイミングを見計らったかのように、ホールに流れる曲が間奏に入ると、彼女はダンスの話を始めた。

「私、もともと身分のない立場だったので、人前でダンスをしたことがないんです。侯爵様にはダンスの先生を付けていただいているのですけど、まだ自信がなくって……」

ダンスに誘って欲しそうな輝く瞳を向けられ、アルベルトは隣にいる友人を振り返った。

——お前が誘え。

目でそう言ったつもりだったが、エミールはクララがアルベルトを注視していると気付き、こそっと耳打ちする。

「踊ってあげろよ。初めて踊るなら、お前くらい慣れた男がいいに決まってる」

——お前はそれでいいのか？

自分が好意を寄せている女性を、他の男に任せるなんて、腸《はらわた》が煮えくり返るものじゃないのか、と思う。実際、クリスティーナが他の男の腕の中にいるのを見るだけで、アルベルトは嫉妬の炎に胸を焦がした。毎回、断腸の思いで彼女を他の男に譲るのだ。

エミールは人の好《よ》い笑顔で、アルベルトの脇腹《わきばら》を小突く。

「ほら、誘ってやれよ。期待してるだろ」

言われて見れば、確かに期待に満ち満ちた、子犬のような眼差しが自分を見つめていた。

嫌だな、と思ったけれど、こんなに期待をされているのに、断るのも悪いかな、とも思う。

相手は守るべき民から社交界へ上がってきたばかりの、右も左もわからない少女だ。ここで素知らぬ体を装って期待を裏切り、ずっと人前で踊れず、壁の花にさせてしまうのも、可哀想《かわいそう》かもしれない。

「…………では、私と一曲いかがですか？」

大分躊躇った後、アルベルトは彼女を誘った。

クララは、人前で踊ったことがないと言ったものの、非常に楽しそうに踊った。一曲目をリクエストされて迷ったが、まあ練習かと思って付き合うことにした。

三曲目までリクエストをしてきた時、僕には婚約者がいるんだが——と困惑して、クリスティーナを探した。そして戦慄《せんりつ》した。友人らと話していたはずの彼女が、会場のどこにもいなかったのだ。

三曲目を強請《ねだ》るクララが面倒で、疲れたふりをすると、やっと諦めてくれた。疲れたと言えば、ダンスをしたいと求めた彼女のことだ、他の男と踊り出すだろう——と踏んだのだが、なぜか休憩しましょうとついて来られてしまった。

こちらの体調を気遣った様子だったので、無下にもできず、どこかで知り合いにでも任せよう、と考えていたアルベルトは、クリスティーナの友人たちに近づいた。

シンディとエレーナだ。彼女らは、こちらに気付くと、淑女の礼をしてくれる。いつもなら用件があっても、他愛ない会話をしてから切り出すが、一刻も早く彼女を見つけたかったアルベルトは、用件のみを口にした。

「すまない。クリスティーナはどこだろう？」

シンディは扇子で口元を隠しながら、ちらりとテラスへ視線を向けた。

「テラスへいらっしゃいました……」

「じゃあ……」

ちょうどいい。シンディとエレーナにクララを任せてもいいか尋ねようとしたところ、彼女たちはアルベルトの傍らに立っているクララへ、鋭い眼差しを向けた。

「……ごきげんよう。私《わたくし》、シンディ・ルックナーと申しますわ」

クララはにっこりと笑った。

「こんばんは。私はクララと申します」

ぴし、と音が鳴った気がした。家名を言わなかったクララに、生粋の貴族令嬢であるシンディの機嫌が、明らかに下降した。

「………貴方、随分と殿下によくしていただいていらっしゃるようですけれど、ご自分の立場を分かっていらして？」

クララは分からない、という顔で首を傾げる。ここに置いて行ったら詰《なじ》られるのだろうと察したアルベルトは、暗い気分になりながらも、爽《さわ》やかに笑った。

「シンディ様。今夜のところはお目こぼしを」

「ま……」

シンディは目を見開いて、不満げにしたが、社交界のなんたるかも怪しげな子供を、みすみす茨《いばら》の中へ放置していくわけにもいかない。

「クララ様も踊り疲れたことでしょうから、テラスへ行きましょうか」

「あ、はい」

仕方なく一緒にクリスティーナを探しにテラスに行くと、月光に照らされて、女神のごとき輝きを放つ彼女を直ぐに見つけた。同時に、その隣に見知らぬ男が立っているのにも気づく。刹那《せつな》、アルベルトは殺意のこもった眼差しを男へ投げつけていた。

その男は、王子の婚約者である彼女に睦言《むつごと》めいた言葉を吐き、髪に触れたのだ。

――殺すぞ。

こちらに気付いた男は、敵意のない笑みを返し、直ぐに身を引いた。

苛立ちと共に彼女を見ると、彼女は何食わぬ顔でアルベルトを見返す。男が髪を触る意味など知らない、無垢な反応が憎らしかった。

「何をしているの……クリスティーナ？」

低く尋ねると、彼女は柳眉《りゅうび》をひそめた。

「踊りつかれたので、こちらで休憩をしていただけですわ。殿下こそ、いかがなさいましたの。可愛らしいお嬢様とご一緒なんて、羨ましいですわね」

彼女の花弁のような口から、聞き慣れない嫌味が吐き出された瞬間、きん、と耳鳴りがした。

――自分は、またクララと一緒にいる――。

なんて最悪な人選だ。

すまない、違うんだ。そう言おうとしたアルベルトを遮って、クララが口を開く。

「クリスティーナ様。今、お話ししていらっしゃった方は、どなたですか？　とても仲がいいご様子でしたね」

アルベルトの心臓は、凍りついた。

公衆の面前で、なんというセリフを吐くのだ。

クララの表情を見れば、どんな悪意もない、純粋な興味を抱いた子供の顔がそこにあった。

子供だ――彼女は子供なのだ。知識の乏しい、未熟な少女。

だが――いくら社交界へ出たての、無知な少女でも、アルベルトの婚約者を貶《おとし》めるような言葉を吐くとは――。

フォローしなくては、と焦った。しかしアルベルトが動くまでもなく、公爵令嬢として教育されてきたクリスティーナは、この無礼な子供に淑やかな眼差しを向けた。

「……先日はご挨拶ができませんでしたわね。私はクリスティーナ・ザリエルと申します」

それは全てを水に流すという、気位の高い貴族ではあり得ない、寛大な対応だった。

クララは上位貴族令嬢であるクリスティーナの言葉を待たず、先に口を開いた。挙句、他の参加者に誤解を与える言動をとったのだ。その辺の貴族なら、打たれていてもおかしくない。

更に、クララは挨拶を返したものの、またも家名を言わなかった。もはや家名を覚えていないのでは、と疑いを抱く。

クリスティーナは家名すら言えないクララに、鷹揚《おうよう》に夜会を楽しんでいるかと笑んだ。

「あ、はい……。えっと、殿下にダンスのお相手をしていただきました。とてもお上手で、あっという間に終わってしまったので、もう一曲お願いしちゃって。お疲れのご様子だったので、テラスにお誘いしたんです」

——テラスに誘ったのはアルベルトからだったが、まあそこは勘違いしてくれていい。正確に伝えられると、いらぬ誤解を生みそうだ。

しかしながら、クララと踊ったのは、不慣れな彼女が人前で踊るのに慣れるように、という配慮からであって、決して踊りたくて踊ったわけではない。

そう主張したかったが、本人を前に何を言えよう。

思わず、クリスティーナから視線を逸らしていた。

彼女は柔らかな声で、クララに話しかける。

「そう。楽しそうでよかったわ。あなたとお話をすると、殿下の御心もほぐれているご様子です。ありがとうございます」

クララは瞬《まばた》きを繰り返した。

「えっと……どうしてクリスティーナ様がお礼を……？」

――彼女が僕の婚約者だからに決まっているだろう？

信じられない気持ちで見下ろしたクララの表情に、アルベルトは内心舌打ちした。その眼差しには、どこか敵意があったのだ。

思えば、クララはいつだって、クリスティーナの立場を悪くする物言いを選んできた。無知ゆえの所業かとも考えてきたが、これはあざとくも、修練された、彼女のテクニックだ。

女神のように美しい婚約者は、こんな少女を連れていたアルベルトに、内心呆《あき》れ返ったのだろう。

去り際に言われた言葉に、瞠目《どうもく》した。

「私、気分が悪いので、お先に失礼いたしますわ。殿下はどうぞ、お好きな方をお送りしてください」

アルベルトは、凛《りん》とした背中を見送るしかできなかった。

まずい、と思った。このままでは彼女に愛想をつかされてしまう。

クララに構っている場合ではない。

しかし紳士として、煩わしくとも、クララをエミールに任せるまでは、しっかりこなした。

大事な友人に、彼女はあまりお勧めしたくなかったけれど、クララに夢中になっている様子のエミールには言っても無駄だろう。二人で好きにしてくれ、と思う。

翌日、自分の幼い頃からの思いを込めた花束を抱えて、彼女の屋敷へ向かった。花束を受け取ってくれた彼女は、やはり機嫌が悪そうだった。涼やかな彼女の声は刺々《とげとげ》しく、眼差しは冷えている。

テラスへ案内されて、何とか宥《なだ》めようとしたが、結局、昨夜の事情を説明するしかなくなった。昨夜の話をすれば、自然と彼女に触れた見知らぬ男の話になる。思い出すだけでも、あの男には虫唾《むしず》が走った。王子の婚約者と分かりながら、口説く真似事《まねごと》をしたうえ、髪に触れるとは――。

男について話を振ると、彼女の頬が染まる。アルベルトは、顔には出さなかったが、内心、震えた。

まさかあの男に、欠片でも惹かれたのか――？　やめてくれ。そんなこと、絶対に許せない。

彼女の心を繋ぎとめなければと、死に物狂いで頭を回し、アルベルトは、思い出の図書室を選んだ。

ザリエル公爵に会話内容を報告されては不味《まず》いから、侍女を図書室から追いやり、振り返る。

彼女は先に書架の間に入り、本を読み始めていた。声を頼りに書架の間を覗くと、振り返った彼女は、意外にも幼い頃と変わらない、アルベルトを信頼した瞳に戻っていた。優しい声音で話しかけられて、ほっとする。彼女の雰囲気につられ、自分の気持ちも幼い頃のそれに戻った。

穏やかに話しかけると、彼女は星占いで泣いてしまったわね、と笑う。

とても、可愛い笑顔だった。

星座の話をたくさん聞かせてくれたクリスティーナ。星占いをして、アルベルトとの運命があまりいい結果にならなかったら、泣いてしまったクリスティーナ。

――ねえクリスティーナ。占いなんてあてにならない。

だって僕は、いつだって君しか見て来なかったよ――。

アルベルトの瞳は、形よいクリスティーナの唇へ注がれた。

最近はずっと我慢していた。だけど今は二人きりだ。久しぶりに口づけてもいいだろうか。

アメジストの美しい瞳に、自分が映し込まれた。潤んだ瞳は、今も自分を想っているように、揺らめく。

――クリスティーナ。ねえお願いだ。他の男なんて見ないでおくれ――。

口先では昨夜の男について注意を促していたけれど、アルベルトの頭の中は、もうクリスティーナが好きで好きで仕方ない、ただの少年に戻っていた。

潤んだ瞳で見上げられ、箍《たが》が外れた。彼女の唇は柔らかく、そして甘く、喉《のど》から甘えた声が漏れると、たまらなくなる。

口内に舌を滑り込ませれば、彼女の意識はそちらに向けられた。彼女が気付かないのをいいことに、体中に触れた。クリスティーナとの口づけは、アルベルトにとって背徳行為だった。

ザリエル公爵の言いつけを破り、侍女や執事の目をかいくぐって彼女に触れる。しかも、自分の欲望に近い形で、彼女を淫《みだ》らに辱めるのだ。艶めいた彼女の表情も、声も、体の反応も、我を忘れそうに甘美だった。

つい欲望のまま床に押し倒してしまって、彼女の怯えた声に我に返った。

乱れた彼女の姿を改めて見ると、溜息《ためいき》が零《こぼ》れた。このまま抱きたい、と抱きしめたところで、忌々しい執事――ハンスが現れた。

「ああ、こちらにいらっしゃいましたか、お嬢様、アルベルト殿下」

幼い頃から二人を知る、壮年の執事は、クリスティーナを見る。

しまった、ドレスは直したが、髪は整えてやらなかった。と気付いたが、隠しようがなかった。

ハンスは、クリスティーナのドレスの乱れ具合から、どこまでか判断したらしい。

まがい物の微笑みと、冷たい眼差しが注がれた。

「……アルベルト殿下。おいたが過ぎますと、旦那様にご報告申し上げますからね」

アルベルトは、頬を強張《こわば》らせ、視線を逸らした。ザリエル公爵には、結婚までは一切触れるなと命令されている。幼い頃から親同然に接してきたザリエル公爵と、甘くない執事には、十八歳になっても強く出られなかった。

「分かっている……」

「お分かりでしたら、今後は侍女を強引に下げないよう、お気を付けくださいませ」

「…………」

だがキスぐらい、もういい加減許してくれてもいいじゃないかと思う。一拍の間も許さず、執事が質問を繰り返した。

「アルベルト殿下。今後は侍女を強引に下げないよう、お気を付けくださいますね？」

アルベルトは敗北した。

「……ああ、気を付ける……」

「それと、最近、アルベルト殿下にはお嬢様の他に、想いを寄せるご令嬢がいらっしゃるとか」

アルベルトは眉根を寄せた。

「何の話だ」

涼しい顔で説明された内容に、脳天から全身へ電流が走り抜ける。

自分が、あのクララに懸想しているような噂話だった。

そんな話をザリエル公爵に知られたら、嬉々として婚約を破談にされてしまう。

王の臣下であり、王命には背けなかったとしても、ザリエル公爵は能吏《のうり》だ。長年培った手練手管で、娘の婚約など容易《たやす》く白紙に戻せる。政務に携わるようになって、ザリエル公爵の有能ぶりは嫌というほど理解していた。

焦るアルベルトを尻目《しりめ》に、ハンスは既に報告済みだった。

そしてクリスティーナに、破談を勧めはじめる。先程まで情熱的に口づけを交わしていたはずの彼女も、何故か破談にご納得だ。

——待て。僕は絶対に、破談なんかにしないぞ。何年待っていると思っているんだ？　八年だぞ？　結婚するまであと一年弱だ。何があっても結婚してやる。

内心をひた隠し、口づけについて言及すれば、彼女は愛らしく頬を染めた。

しかし言うに事欠いて、「でも……殿方《とのがた》は好きでもない女性でも、口づけできるのでしょう……？」とアルベルトを疑う始末。

アルベルトは、蓄積していた鬱憤《うっぷん》を爆発させた。婚約者である彼女の前では、格好つけたいと思っていたが、彼女に疑われ、ましてや彼女の気持ちが自分から離れてしまうくらいなら、恥を忍んで全部を吐露する。

そして叫んだ。

「いいか、僕が結婚するのは君だけだ！　君以外の女性と結婚するくらいなら、君を殺して僕も死ぬ……！」

本気だ。クリスティーナは誰にもやらない。自分と結婚しない未来を彼女が選ぶくらいなら、彼女を殺して自分も死んだほうがマシだ。利己的――？　国家――？　知ったことか。

彼女は若干引いている。だがもういい。我慢も限界だ。

結局、茶会の顛末《てんまつ》を知ったのは昨夜だ。

全ての歯車が狂い出したあの茶会を正確に把握しない限り、問題の解決はできないと思った。

だから母に口添えされて、固く口を閉ざしていたアンナを懐柔し、やっとのことで当時の状況を聞いた時は、怒りすら覚えた。

全部クララが一人で勝手に起こした騒ぎだった。

クリスティーナは、何一つ関わっていなかった。

なのに、クララは傍若無人にもアルベルトから贈り物を要求し、クリスティーナの気分を害し、意図してか、意図せずしてかは知らないが、アルベルトから愛しい女神《クリスティーナ》を奪おうとしている。

自分に聞けばよかったのに、と彼女は言うが、クリスティーナ本人には、恐ろしくて尋ねられなかった。誰に確認したのか問われ、アルベルトはずっと不安でたまらなかった質問をした。

「……アンナに……。一か月も連絡を取らないだなんて、捨てられるわよと言われた。――ねえクリスティーナ。君は……僕を捨てたりしないよね……？」

「…………」

愛らしい自分の天使は、成長するにつれ妖精《ようせい》のようになり、そしてとうとう女神の輝きを放つようになった。アルベルトが恋い焦がれ、愛してやまないクリスティーナは、即答しなかった。

――絶望だ……。

世界が暗黒に染め上げられる。自分の襟首を掴んだハンスが、何か言っていたが、脳が理解を拒否した。

――死ねる。

だが死ぬ前に、とりあえず誰から殺していこうかと考え始めたアルベルトの耳に、可憐でいて、優しい、クリスティーナの笑い声が聞こえた。

クリスティーナの笑い声はどんな状況でも素晴らしいな――と目を上げると、彼女は少し恥ずかしそうな、照れくさそうな笑顔で小首を傾げた。

「アルも、私と同じね」

彼女が、久しぶりに自分を愛称で呼んだ。胸がじわりと温かくなった。

「クー……」

呼び返すと、彼女の笑顔が深まった。

「私もね、クララ様との関係を聞くのが怖くて、勝手に諦めようとしていたの。二人して、いろいろ考えすぎて、空回りしていたのね。私たち、似た者同士で、おかしいわね」

全てを許してくれる、天女のような笑顔だった。執事の手から逃れ、本能的に彼女の体を抱きしめる。

「ひゃ……っ」

「クーお願いだ……っ。十六歳になったら、僕と結婚すると言ってくれ……！」

君以外なんて、絶対に考えられない――。

一目見た時から恋に落ちた。話せば話すほど、その無邪気な笑顔や、民を思う心広い貴族としての誇りや、決して身分に驕《おご》らず、勤勉に学び続ける姿に惹かれていった。

会うたび会うたび、恋をしていた。

早く僕のものになって――その一念で、格好をつけて、頑張ってきた。

この見てくれも、必死に身に着けた莫大な知識も、抱えきれない程の政務も、全てこなしてきたのは――あなたが誇れる夫となるため。

だからどうか――僕の妻になってくれ。

熱い思いを込めて抱きすくめた彼女は、ほわりと、幼い頃と変わらない、嬉しそうな笑顔で頷いた。

「はい、喜んで」

アルベルトの目尻に、涙が滲んだ。

――神様。

アルベルトも、幼い頃と変わらない、ただ無邪気に喜ぶ、明るい笑顔を浮かべていた。

# 三章　恋人　1

暖かなその日、ザリエル公爵邸の庭園を、一陣の風が走り抜けた。

開け放した窓から気持ちのいい風が入り込み、クリスティーナは目を細める。姿見に映った自分を確認していると、後ろで腰のリボンを整えてくれていた侍女のエティが、小さく笑った。

「あら、なあに？　エティ」

何か面白かったかしら、と少し乱れた髪を耳にかけながら小首を傾《かし》げると、彼女は鏡越しに、にっこり応じる。

「いいえ、殿下にお会いできるのを楽しみにしていらっしゃるお姿が、昔とお変わりなかったもので、つい」

「まあ……」

いつもと変わらない気持ちで準備をしていたつもりだったけれど、浮かれた空気を漂わせていたらしい。今日《きょう》はアルベルトと仲直りをしてから、初めて彼に会える日だった。アルベルトはあの後、すぐに遠出を提案してくれたのだ。出かける先を聞いた途端、クリスティーナは内心、興奮した。

——『シュテアネ』に行こうだなんて、アルベルト様は本当に素敵。

『シュテアネ』とは、王都の北西にある、小高い丘の名前だ。今の時期なら、花が咲き乱れ、丘から見える王都は絶景だろう。本日は昼間に行くので見られないが、夜に行けば、王都の灯《あかり》が美しく輝き、まるで天上の星々が地上に落ちたように見えるそうだ。

クリスティーナはちょっぴり頬《ほお》を染めつつ、やっぱり鏡の中の自分を確認してしまった。せっかく会えるのだから、できるだけ綺麗《きれい》な自分を見てほしい。

銀糸の髪はハーフアップにして、こめかみから後頭部にかけてピンクの蔦薔薇《つたばら》を絡め合わせている。ドレスは夜会の時よりも露出を少なくするぶん、レースで襟ぐりを彩ってゴージャスにした。さっき風が吹いた時に、レースが揺れて胸の谷間が覗《のぞ》いたけれど、普段と大して変わらないと思う。

胸を強調する必要がないので、コルセットは胴回りだけを締めるタイプを選んでいた。胸の覆《おお》いが少なくて、少し心もとないが、丘を歩くなら体の締め付けは少ないほうがいい。

爪《つめ》も綺麗に磨いてもらったし、お出かけのために昨日《きのう》からマッサージをしてもらい、お肌にはローションをたくさん塗ってもらった。ぷりぷりのお肌と、紅をひいてもらった艶《つや》やかな唇を確認し、クリスティーナはにこ、と自分に笑いかける。

——よかったわね、クリスティーナ。

クララに大好きなアルベルトを取られてしまうのでは、と暗く嫉妬《しっと》の炎を燃やす必要がなくなった今、クリスティーナの心は晴れやかだった。

扉をノックする音に、クリスティーナは背筋を伸ばす。扉越しにハンスの声が届いた。

「お嬢様、アルベルト殿下がいらっしゃいました」

「ええ、分かったわ！」

クリスティーナは明るく応じ、足取りも軽く扉へ向かう。エティが扉を開くと、扉の前に立っていたハンスが、エティと似たような笑みを浮かべた。

「……それと、先程お手紙をお預かりいたしました」

「あら、そうなの」

差し出されたのは、趣味のいい青色の花が練り込まれた封筒だった。アルベルトの来訪と、手紙が届くのが重なったようだ。ちらりと封蠟《ふうろう》に使われた紋章を確認してみたが、黒馬の象徴をつかった家名は、すぐに出てこなかった。見覚えがあると考えながらも、クリスティーナは手紙をソファ前の机に置いた。アルベルトを玄関ホールで長時間待たせるわけにもいかない。

「後で確認するわ」

「畏《かしこ》まりました。よろしければ――」

「え？」

目の前に、ハンスの細い指先が差し出される。何か欲しいのかしら、と顔を上げて、その手の意味を理解した。とび色の瞳《ひとみ》が、やんわりと細められ、穏やかに手を取るよう促される。

「玄関ホールまでご案内いたしましょう」

「ありがとう……」

――ちょっと浮かれすぎたかしら。

普通は玄関ホールまでエスコートなんていらないのだが、恐らくハンスの目には、駆け出しそうにでも見えたのだろう。手を握って行動を制御せねばならないと思われたのだ。

淑女たるもの、楚々《そそ》とした振る舞いを心掛けねばならない。

クリスティーナは、なんだか恥ずかしくなって、ぽっと頬を染めた。

アルベルト黒い軍服姿で、玄関ホール脇《わき》に用意された長椅子《ながいす》に、ゆったりと足を組んで腰かけていた。物音に顔を上げた彼を見るなり、クリスティーナの胸が、きゅっと締め付けられる。アルベルトは、前髪を無造作にかき上げ、目が合うと甘く笑んだ。

「クリスティーナ」

低く、耳に心地よい声音が耳に届くなり、クリスティーナは頬を染め、俯《うつむ》いた。仲直りをした日を思い出してしまって、なんだか照れくさい。お互いの気持ちを口に出せたのはよかったけれど、あの日を思い出すと、もれなくアルベルトに押し倒された記憶まで蘇《よみがえ》るのだ。怖かったけれど、でも気持ちよくて、どうしたらいいのか分からなくなったあの状況は、できれば当分遠慮したい。

初心《うぶ》なクリスティーナにとって、獲物を捕らえるような目になった彼は、少々、刺激的すぎだ。

おずおずとアルベルトの元へ進み出ると、アルベルトは当然のように腰に腕を回す。思い出していた内容が内容なので、クリスティーナは肩を小さくして、身を竦《すく》めた。そんな些細《ささい》な反応さえ可愛《かわい》らしいとでも思っていそうな顔で、アルベルトが囁《ささや》く。

「どうしたの？　緊張しているみたいだよ……」

「いいえ……その、お迎えに来てくださってありがとう、アルベルト様」

否定したものの、明らかにクリスティーナの頬は緊張と恥じらいで染まり上がり、瞳に至っては潤んでしまっていた。アルベルトは吐息交じりに、また耳元で囁く。

「……今日は薔薇の髪飾りにしたんだね。すごく綺麗だよ……君にぴったりだ」

「……っ」

周囲に聞かせないよう、声量を抑えたその声音は、重低音で、鼓膜から全身に震えが走った。クリスティーナは何とか平静を装いつつも、涙目で恨めしくアルベルトを見上げる。絶対に、クリスティーナの反応を楽しんでいるのだ。最近こそ抱擁すら滅多になかったけれど、それ以前は、人目を忍んでよくからかわれていた。

アルベルトはかつてと同じ、ほんの少し意地悪な笑顔でクリスティーナを見つめ、ずっとハンスに目を向けた。

「では、夕刻頃《ごろ》にはお送りするよ。公爵と公爵夫人によろしく伝えておくれ」

「――畏まりました。お気をつけて、行ってらっしゃいませ」

ハンスとお見送りの家人たちが腰から綺麗に頭を下げるのに頷《うなず》いて、アルベルトは優雅にクリスティーナを馬車に誘導した。

馬車の向かいに座ったアルベルトを、気取られないように眺めていたクリスティーナは、微《かす》かに溜《ため》息《いき》を零《こぼ》した。

――素敵……。

アルベルトがクリスティーナと出かける時に、軍服を選ぶのは珍しい。

軍服を着て、軍部の人と働く時のアルベルトは、人が違う。

クリスティーナの父を彷彿《ほうふつ》とさせる、厳格で冷静な人になるのだ。軍部関係者の前では、アルベルトは滅多に笑わなかった。夜会では甘く令嬢たちに微笑《ほほえ》むばかりなのに、軍部の仕事に入ると、冷徹にも思えるほど厳しい。実力主義の軍部では、お愛想は必要なく、結果がものを言うからだ、とアルベルトの妹のアンナがぼやいていた。

アンナは厳《いか》めしいアルベルトをあまり好んでいないようだったが、クリスティーナは逆だ。甘さと厳しさの両面を併せ持つ、そんなストイックなところもまた、ぞくぞくして、たまらなく好きなのだった。

頬杖《ほおづえ》をついて窓の外を眺めていたアルベルトが、くつ、と笑う。肩を揺らして笑うので、クリスティーナは首を傾げた。

「どうかなさったの？　何か面白いものでも見えましてて？」

アルベルトは笑いながら、目だけをこちらに向ける。

「君こそ、どうしたの？　さっきからずっと僕を見ているけれど、僕の顔に何かついている？」

クリスティーナは目を丸くした。彼の隣にいる従者や、自分の隣にいる侍女に目をやると、二人とも生暖《あたた》かい眼差《まなざ》しで微笑んだ。

「――」

こっそり眺めているつもりだったが、あからさまにアルベルトを見つめていたらしい。淑女にあるまじき態度なのに、お付きの二人ともが、微笑ましそうな顔をしているのも、追い打ちをかけて恥ずかしかった。

クリスティーナは、かあ、と頬を染めつつ、慌てて俯く。

「きょ、今日は軍服を着ていらっしゃるのだなあと思って……、見ていただけですわ」

――軍服姿も素敵、なんて思いながら見とれていたとは、口が裂けても言えない。

アルベルトは軽く眉《まゆ》を上げ、頷いた。

「ああ……。ごめんね、無粋な軍服なんかで来てしまって。今日はこの後、ちょっとフラム州に出向しなくてはいけなくて」

「――何かありましたの？」

フラム州というと、ノイン王国の北の端に位置する、王都から最も遠い州の一つだ。アルベルトは苦笑して、肩を竦める。

「ううん、何も問題は起きてないよ。陛下のご依頼を受けて、事業を請け負うことになったから、現地を見に行くんだ」

「馬車で？」

道理で、今日の護衛兵は軍服を着た人しかいない筈《はず》だ。いつもの王太子付きの近衛兵は、白い制服だった。馬車移動なら、時間はかかるが、アルベルトの負担は軽い。しかしアルベルトがやんわりと笑ったので、違うのだと分かった。

「時間がもったいないから、馬車は君を送った後、王宮へ戻すよ。馬で行く」

「……お急ぎなの？　無理をして、私に時間を割かれる必要はありませんのよ」

会えないのは寂しいが、フラムは遠い。馬で行っても、片道四、五日はかかるはずだ。そんな遠方へ夕方から向かうのは、いささか無理をしている気がした。

「大丈夫だよ。今日の夕方から行くのは、念のため早めに行くだけなんだ」

「予定では、いつからご出発だったの？」

「明日《あす》の朝だよ」

「……そうですか」

それなら、ほぼ予定通りだ。さほど無理をしているわけじゃないと分かり、クリスティーナは無意識に、ほっとする。何だかんだ言っても、アルベルトと一緒に過ごしたいのが、正直な気持ちだった。

話しているうちに、クリスティーナを見つめるアルベルトの表情が、甘い気配を帯びていく。クリスティーナがきょとん、と瞬《まばた》くと、アルベルトはうっとり微笑んだ。

「仕事は気にしないで、クリスティーナ。僕が——君に会いたかったんだから」

「——……」

色っぽい声音で呟《つぶや》かれた最後の言葉に、クリスティーナはぽっと頬を染めた。

二人の隣に座っている従者と侍女が、今度は居心地悪そうに身じろぐ。

クリスティーナだけでなく、アルベルトまでが甘ったるい空気を放ち、車内は他人様《ひとさま》を息苦しくさせるほど、初々しい愛に溢《あふ》れかえっていた。

## 2

二人の空気に当てられた従者と侍女は、丘につくなり、馬車の傍《そば》で待機するのでごゆっくり、と身を引いた。王家の従者はともかく、公爵家の家人はいつも二人に目を光らせるのが仕事だ。見張らなくて大丈夫なのと尋ねそうになったが、寸前で口を閉じた。二人きりにしてくれるなら、そのほうがクリスティーナも嬉《うれ》しい。

丘の麓《ふもと》まで敷かれた舗装路に馬車を残し、クリスティーナとアルベルトはゆっくりと丘を上り始めた。

「わあ……」

クリスティーナはその光景に、思わず数歩駆けてしまう。シュテアネの丘には、白い花が無数に咲き乱れていた。視線を少し上げれば、丘の頂にある、樹齢千年を超える巨木が見える。幼い頃に来た時は、あの根元でずっとお話しをしたものだ。

昔を思い出し、クリスティーナは笑顔でアルベルトを振り返った。ちょうど風が吹いて、クリスティーナの髪がふわりと綺麗な弧を描く。

「覚えていらっしゃる？　以前来たときは、あの木の下で夕方までお話をしていたのよ」

アルベルトは顔を上げ、眩《まぶ》しそうに目を細めた。

「覚えてるよ。あっという間に時間が過ぎて、帰る時間になると、君は帰りたくないと言って駄々をこねたよね」

「……それは忘れてくださいまし」

クリスティーナが決まり悪くそっぽを向くと、アルベルトは明るく笑う。

「どうして？　あの頃の君も、とても可愛かったよ」

「……ただの我が儘《まま》な子供でしたわ」

まだ八つか九つの頃の話だ。アルベルトと過ごす時間が楽しすぎて、帰るときはすこぶるご機嫌斜めになった。馬車に乗るよう侍女に言われれば、アルベルトとずっと一緒にいたいと、彼に抱き付いてわんわん泣く。アルベルトが宥《なだ》めすかしてやっと帰り支度を始めても、ぐずぐずと泣き止《や》まない、我が儘なお嬢様だった。

クリスティーナの傍まで歩いて来たアルベルトが、手を握ってくる。瞬くと、彼はそのまま丘の上に歩き始め、クリスティーナの手が引かれた。

「あの時も、こうやって上ったよね。最初は丘の上まで遠い、なんて言っていたのに、手を握ればご機嫌になって、可愛かったなあ」

「……っもう、小さい頃のお話はいいですわ。立場をわきまえておりませんでしたの！」

「君が始めた話なのになあ……」

笑い含みにこちらを振り返ったアルベルトは、屈託なく、心から楽しそうだ。漆黒の瞳はクリスティーナしか見ていないし、握った手のひらはかつてよりも大きく、何もかも預けていい、安心感があった。

アルベルトの何気ない優しい顔を見つめ、クリスティーナはふわりと笑う。嘘《うそ》みたいだ。一度は諦めるべきだと自分に言い聞かせ、一線を引いた王子様が、自分の目の前で笑ってくれている。

ずっと傍に居たい。

あなたと一緒に居られるなら、なんだってするわ――。

幼い頃と同じ気持ちが蘇り、クリスティーナの瞳が潤んだ。

我が儘で高飛車なお嬢様だったけれど、クリスティーナはアルベルトと出会って変わった。

彼が恥じない人間になろうと思い、勉学に励み、立ち居振る舞いを磨き、お国のためになれる人間であろうと努めた。貴族の娘の勉学は、簡単な計算や文章を読めれば十分とされ、普通は国政についてまで学ばない。父もそこまで必要ないと言ったが、それではいずれ国王となる、アルベルトの相談相手にはなれないのだ。愛《め》でられるだけの妃《きさき》では嫌だった。公私ともに彼を支えられる人間になりたいと願い、父に頭を下げて、学ばせてもらってきた。

全《すべ》ては、彼のために。――彼の傍にあるために。

木の根元まで到着し、アルベルトはクリスティーナを引き寄せる。潤んだ瞳に気付いたのか、優しく頬に口づけを落とし、甘く囁いた。

「どうしたの、泣き虫さん。まだ帰る時間じゃないよ？」

「もう、アルベルト様は意地悪ね。泣き虫なんかじゃありませんわ」

クリスティーナは目尻《めじり》に滲《にじ》んだ涙を拭《ぬぐ》う。

どうしようもなく好きになってしまった、王子様。クリスティーナは、民を第一に思い、常に公平であろうとする王太子を、愛《いと》しく見つめた。

アルベルトの漆黒の瞳は、しっとりとクリスティーナを見返し、その口元が、妖《あや》しく吊《つ》り上がる。

「そんな顔で見つめられたら、おいたをしてしまいそうだな……」

クリスティーナはびくりと背筋を伸ばした。腰に置かれていたアルベルトの手が、するりと脇腹《わきばら》をさかのぼり、胸の際《きわ》まで撫《な》で上げた。

「だ、駄目です……っ」

顎《あご》にアルベルトの指先が添えられ、上を向かされる。離れているとはいえ、侍女に見られたら大変だ。離れようとすると、彼はくすっ、と笑った。

「大丈夫だよ……。木に隠れて、何をしているかなんて分からない……」

とん、と背中に木の幹が触れる。はっと背後を振り返ると、太い幹しか見えず、侍女たちからは死角になっているのだと分かった。

だけど、こんな場所で――。

判断を迷っているクリスティーナなどお構いなしに、アルベルトはクリスティーナの顔を自分に向き直らせ、唇を寄せる。既に艶っぽい瞳になっているアルベルトは、色香溢れる吐息を漏らし、笑った。

「……悪い子だね……僕をいつも、その気にさせて……」

「……っ」

唇に息が触れたと思った時には、もう遅かった。抵抗しようとした手首は、あっさりと木の幹に押しつけられ、もう一方の手は腰を抱く。普段はそのままずっと口づけられるのだが、今日のアルベルトは少し違った。ちゅっと軽く口づけた後、瞳を覗き込んで、クリスティーナの反応を窺《うかが》う。どんな顔をすればいいのか分からず、クリスティーナは頬を染めた。キスしないで、なんて言う気にもならず、でもそんな自分を見透かされるのは嫌で、クリスティーナはまごつき、視線を落とす。

アルベルトばかりが、キスしたいのではなかった。クリスティーナだって、キスは好きだ。

——一番愛情を感じられる、特別な行為だもの。

頭上で、アルベルトの掠《かす》れた声が聞こえた。

「……君はほんとうに、可愛いね……」

「え……っ」

ぐい、と顎を持ち上げられると、漆黒の瞳が目の前にある。焦点が合わないほど傍近くに彼の瞳を認め、クリスティーナは目を閉じた。木に押さえつけられていた手首の拘束が解かれ、後頭部に彼の大きな手のひらを感じる。

逃げる意志なんてちっとも見せていないのに、彼は逃れられないよう後頭部を押さえると、深い口づけを施した。いつもは触れる口づけから、だんだんと深くしてくれるので、クリスティーナはびっくりして、閉じた目を見開く。

「待っ……ま……っんぅ……」

待ってと言葉を放つ隙間《すきま》さえない。しかも彼の手が体中を撫ではじめ、わけが分からなくなった。目で一時休止を訴えるも、アルベルトの漆黒の瞳は、自分をとろりとした眼差しで見返すだけで、解放は考えていないようだ。

「は……っ」

息継ぎのために唇を離され、口から色めいた息が零れると、それさえ貪《むさぼ》るようにまた唇を塞《ふさ》がれる。

今日のキスは、以前のそれよりも艶《なま》めかしかった。

強引に口を割られ、舌を重ねられる。舌先を絡められ、口内をぬるりと舐《な》め上げられると、嫌らしい水音が聞こえた。クリスティーナは、体を震わせる。

深い口づけの時に聞こえる音にだけは、慣れなかった。いかにも自分が淫らな行為をしているのだと感じて、体が竦む。それなのに、アルベルトはいっそう酷《ひど》く、クリスティーナを乱そうと行為をエスカレートさせた。背中から腰に掛けて撫でおろし、また体を撫で上げていく。

「ん！」

クリスティーナは眉根《まゆね》を寄せ、身をよじった。彼の手のひらが、そっと胸の上を撫でたのだ。それだけでも恥ずかしいのに、次いでされた行為に、クリスティーナの喉《のど》から音が漏れた。

「んん！」

彼は瞳を閉じ、クリスティーナの訴えなど聞こえない様子で、胸の膨らみをいじり始める。柔らかな感触をたっぷり味わう仕草で、時折、指先がその頂を撫でた。そのたび電流が腰骨辺りまで流れ、クリスティーナの膝が震える。立っていられず、木に凭《もた》れかかると、腰から下を密着させて、木に押さえつけられた。

口づけだけでも気が遠くなりそうな状態で、体までいじられ、クリスティーナの口から、色っぽい声が零れた。

「あ……っ」

アルベルトがタイミングよく唇を離し、耳に口づけてくる。

「……クリスティーナ……可愛い……」

「ん……っ」

耳に直接声を注がれ、また声が漏れた。こくり、とアルベルトの喉が鳴る。もうやめて、という気持ちで見上げると、今にも食らいつかれそうな、肉食獣の眼差しが自分を捕らえていた。

「や……だめ……」

身の危険を覚え、これ以上はもう駄目です、と言おうとするや否や、アルベルトの指先がきゅっと胸の先を摘んだ。

「きゃう……っ」

あられもない声を上げた自分に驚き、クリスティーナは口を押さえる。

「……クリスティーナ……」

熱に浮かされたような声で、アルベルトは恥辱に泣き出しそうなクリスティーナを抱きすくめた。心臓が激しく鼓動を打っている音は、自分の音なのか、彼の音なのかもわからない。

アルベルトが耳元で、熱っぽく呟いた。

「……きたい……」

「……っ」

掠れた音は、聞き取りにくかったけれど、意味は分かった。少なくとも、こんな場所で叶《かな》うはずのない願いだし、そもそも結婚するまでは叶わない望みだ。無理難題を願われても、困る。

だが、獰猛《どうもう》な肉食獣になったアルベルトは、願いを実行しそうな気配だった。

「あ……っ」

クリスティーナは逃げ出したくてたまらなかった。だがアルベルトは再び口づけを開始し、思考の邪魔をする。せめてもの抵抗に、しゃがみ込むと、アルベルトはクリスティーナの足の間に体をねじ込み、体に触れ続ける。

「……アル……っ」

「可愛い……」

息が苦しくなれば、唇は解放されたが、その代わりに首筋から胸元まで唇を這《は》わせられる。逃げようと上半身をねじれば、うなじに口づけながら、引き戻された。真っ赤《まか》な顔で、息も絶え絶えなクリスティーナを再び木に縫い付け、アルベルトは何度もキスをする。手のひらは胸に留《とど》まらず、スカートの中にまで忍び込み、クリスティーナを怯《おび》えさせた。

「ん、だめ………っ」

「駄目じゃないよ……誰にも見られてないから」

そういう問題じゃない、と頭の中では反論できるが、口からは甘えた声しか出なかった。

「あ……っ……や、やだ……もう、や……っ」

「可愛いね……クリスティーナ」

アルベルトは、恐怖と快楽のはざまで悶《もだ》えるクリスティーナを、ひたすら可愛いと愛で、触り倒した。彼が己の欲望を実行するつもりはないのだと分かったのは、太陽が沈みかけた頃だった。ぎりぎりのスキンシップに終始したアルベルトは、クリスティーナがぐったりと身動きできなくなってやっと、満足してくれた。

帰りの馬車では、アルベルトはクリスティーナを隣に座らせた。

アルベルトの従者が、もの言いたげに主人を見る。多分、木陰でただ話しているだけに見えていただろう侍女は、心配そうにクリスティーナを気遣った。

「大丈夫ですか、お嬢様？」

「ええ、大丈夫よ……」

クリスティーナは長い睫《まつげ》を伏せて、そっと微笑んだ。恥じらう気力すら、残っていない。

疲弊《ひへい》させた当の本人は、爽《さわ》やかな笑顔で、クリスティーナの腰に腕を回した。

「疲れたなら、僕に寄りかかって寝てしまっていいよ」

「はい……」

気丈に背筋を伸ばし続けられそうになく、クリスティーナは素直にアルベルトに身を寄せる。アルベルトの指示で、御者もゆっくり車を走らせてくれていた。舗装された道を進む車の振動は、揺りかごのようだ。

——寝てしまいそう……。

窓から何気なく空を見上げたクリスティーナは、微かに表情を曇らせる。

雲一つなかった空に、雨を含んだ、重そうな雲が広がり始めていた。

これからアルベルトはフラム州に向かうのに、天気は持つだろうか。
雨の中の出立にならなければいいけれど――……。
そう思いながら、クリスティーナはゆっくり瞼《まぶた》を閉じた。

# 3

太陽が沈み、月が空の中央に輝く頃――王都には霧雨が降り始めた。絹糸が大地に降り注ぐような光景を、公爵邸の自室から眺めていたクリスティーナは、溜息を吐く。疲れたクリスティーナのために、茶を用意してくれたエティが、ソファの傍から呼んだ。

「どうぞこちらでご休憩ください、お嬢様」

「ええ、ありがとう……」

柔らかなハーブティーの香りが鼻先を掠め、クリスティーナは窓辺から侍女の元へ移動した。

「カモミール？　いい香りね」

「はい。……殿下がご心配ですか？」

「そうね……大丈夫だとは思うのだけれど」

クリスティーナのために馬車をゆっくり走らせたせいで、公爵邸へ戻った時、既に辺りは暗くなり始めていた。夜の移動はやめたほうがいいのではないかと言ったが、アルベルトはなんでもない顔で肩を竦めた。

『戦に行くわけじゃないからね。舗装された道を進むだけだし、大したことはないよ』

それはそうだが、雨まで降るとなると、進みは悪くなる。足元も滑りやすくなるだろうし、フラム州へ行くまでに、いくつか橋を渡る必要もある。大丈夫だろうかと、溜息を吐いた時、ソファ前の机に目が留《と》まった。青い花を練り込んだ封筒が、果物籠《かご》の隣にぽつりと置かれていた。

「あ、いけない。お手紙をいただいたのだったわ……」

出かける前に、ハンスが届けてくれた手紙だ。封筒を手に取り、裏返してみる。高く蹄《ひづめ》を掲《かか》げた黒馬の紋章に、首を傾げた。どこかで見た覚えがあると、昼間も思った。差出人の名前は、封筒には書かれていない。

ソファの傍らで、茶菓子を用意し始めていたエティが、あら、と明るい声を上げた。

「その封筒のお花、アジサイですね。そろそろ盛りになりますわね、粋ですこと」

言われて封筒の表を見直した。季節の花を先取った封筒選びは、確かに粋だ。青いアジサイの封筒を開き、クリスティーナはちょっと笑ってしまう。封筒を開けると、甘い香りが漂ったのだ。香る手紙なんて、随分と気障《きざ》だ。手紙を開き、クリスティーナは納得した。

手紙の最後に、差出人のサインがあった。

――フランツ・モルト
手紙は、他愛ない内容だった。先日の夜会では、話ができてよかっただとか、そろそろモルト家の庭園にはアジサイが咲き乱れる時期だといった、挨拶文《あいさつぶん》だ。きっと馬車を貸してくれたので、その後を気にしてくれたのだろう。

アルベルトとごたごたしてしまって、お礼文もまだだった。クリスティーナはすぐに、返事をした。手助けへの感謝と、またお会いしましょうという、定型の挨拶文を書いて――。

アルベルトがフラム州へ向かってから三週間――浮かれていたクリスティーナの気持ちは、次第に曇りがちになっていった。ぱたりと、彼に会えなくなったのだ。アルベルトは定期的に花を贈ってくれるけれど、添えられているカードの文章は短く、彼の状況を推し量るには、情報が少なすぎる。こちらから手紙を送っても、それに対する返事はなく、父に尋ねても、問題などないと言われるばかりだ。

フラム州で何かあったのではと疑心暗鬼になりかけていた頃、父がクリスティーナを呼びつけた。

図書室の隣にある、父の書斎の扉をノックすると、中から威厳ある声が応じた。

「ああ、入りなさい」

父に命じられ、クリスティーナをここまで案内してきたハンスが扉を開く。

父の書斎は、壁全体に本棚が設置されていて、窓際に大きな執務机が一つあった。仕事をするためだけの部屋という感じで、扉脇に一人掛けのソファが一つと、その手前に小物を置くための小さな机があるだけだ。

執務机で何事か作業をしていた父・ザリエル公爵が、顔を上げる。

「呼びつけてすまないね、クリスティーナ」

クリスティーナは部屋の中ほどまで進み出て、立ち止まった。

「いいえ。ご本を読んでいただけですので、問題ございませんわ。どのような御用ですか？」

「うん、それなのだが……」

父は机の引き出しを開けて、そこから封筒を取り出す。さらりと父の前髪が揺れて、クリスティーナは改めて、その容貌《ようぼう》に視線を這わせた。

鷹《たか》を彷彿とさせる、鋭い青い瞳に、神経質そうな細い指先。綺麗に整えられた銀色の髪は、色褪せることなく艶やかだ。ゆったりしたブラウスに身を包んだ父の体は、均整の取れた形を維持し、その整った容貌は、かつてご令嬢たちの瞳を惹《ひ》きつけてやまなかったという、母の言葉を裏付けるに十分だった。

父の目配せに応じ、ハンスがクリスティーナの元まで封筒を運んでくれる。

封蠟は割れていた。中から覗く便箋は、上等そうな、厚い紙を使っている。

「内容は先に確認させてもらった。お前への手紙だったが、宛名は私だったからね」

「そうですか……」

父親宛に、娘への文を送るなんて、随分古風な送り方だ。クリスティーナは封蠟に押し付けられた、印璽《いんじ》を確かめる。高く蹄《ひづめ》を掲《かか》げた黒馬の象徴を見て、すぐに差出人が知れた。琥珀色《こはくいろ》の瞳が印象的な、モルト伯爵家長男――フランツである。

同時に、肩から腕にかけて、緊張が走った。

娘への手紙を父親宛てに送る手法は、親の目を盗んで、不躾《ぶしつけ》に娘と直接やり取りをしないという、今ではもう古くなった慣習だった。そしてこの手法は、別の意味も含んでいる。

交際を認めてもらえるようであれば、男からの手紙が娘に渡る、という作法なのだ。

まさか――そんな意味などないだろうけれど。

クリスティーナは、頭の中で響き渡る警鐘から、あえて意識を逸《そ》らした。

「……モルト家の」

「うん。モルト家で今度、夜会を開くそうだ。主催はご長男の、フランツ君だ。お前を招待したいそうだが、どうする？」

「まあ……」

合点がいった。馬車を貸してくれた際、フランツは確かに夜会に誘ってくれた。社交辞令かとも思ったが、本気だったようだ。

そんな内容なら、今読んでも問題ないだろう。ほっと安堵《あんど》して手紙を取り出し、目を通しはじめたクリスティーナは、すぐに指先を強張《こわば》らせた。

――本当に、お父様はこの手紙を読んだのかしら……。

額に、嫌な汗が滲んだ。

彼らしいのびのびとした筆記体でつづられた手紙には――先日の出会いを喜び、出すぎた願いとは分かっているが、あの時の約束を果たして欲しい。今ひとたび、貴方《あなた》にお会いしたい――という、読みようによっては、運命の出会いでもしたような、睦言《むつごと》まがいの言葉が並んでいた。

先日、クリスティーナに直接送ってきた手紙とは雲泥の差の、情熱的な文章だ。

――いいえ、これは私が知らないだけで、社交界でよく使われる誘い文句かも知れないわ。

そうでなければ、厳格な父が、何と不躾な男だと立腹していそうなものだ。だってクリスティーナは、アルベルトの婚約者なのだから。

しかし、クリスティーナは、直《す》ぐに考えを改めた。

父は、前回の夜会で、クリスティーナがフランツに好意を抱いたと判断したのかもしれない。常日頃、『王妃の立場なんて重責だ』と、アルベルトとの婚約に難色を示している父だ。クリスティーナが望めば、すぐにでも婚約の話を白紙に戻してしまうだろう。それに、考えないようにしていたが、アルベルトは別の女性との関係を噂《うわさ》されてしまっていた。——クララだ。

「——」

クララの顔を脳裏に思い描いたクリスティーナは、ひやりと背筋を寒くした。アルベルトと仲直りをして、忘れかけていたけれど——ここは、クララが主人公の世界だ。彼女が幸福になるための、作られた世——。

「あの……お父様……？」

恐る恐る見返した父は、晴れやかな笑顔を浮かべる。

「娘への手紙を、父親を通して送るとは、今時珍しい、礼儀を知る男ではないか、クリスティーナ。それにお前への賛辞は、まこと見る目の養われた、できた人物と見受けられる。お父様はお前の気持ちを最優先に考えて、いかようにもしてあげるよ」

鳩尾《みぞおち》に氷の塊を投げつけられた気分だった。父は明らかに、フランツに好意的だ。

クリスティーナは愕然《がくぜん》と、視線を落とす。

終わったとばかり思っていた。しかしこれは。この状況は、ぬるく考えては、痛い目を見るのでは。

——『ゲーム』が……続いている……？

言葉尻《じり》に含まれる、深い意味合いには気付かぬふりをして、クリスティーナは強張る頬を無理やり動かす。

「ご配慮、ありがとうございます、お父様。……お返事は、少し考えてから……」

「行くのだろう？」

「え？」

「――気兼ねなく、行ってくるといい」

「えっと、でも……。殿下のご都合もお伺いしないと……」

行くのが当然とでも言い出しそうな言い回しに、クリスティーナは戸惑った。夜会に出席するとなると、婚約者がいるクリスティーナは、一人で行くわけにもいかない。アルベルトの予定を聞いて、エスコートしてもらえるかどうか確認を取るのが先だ。

父の口角が、皮肉気に吊り上がった。

「殿下はここ最近、お忙しいようだ」

「ご無理なようでしたら……せっかくのお話ですけれど……」

婚約者のエスコートが望めないなら、夜会への招待は断る。定石の答えを出そうとしたクリスティーナに対し、父はさらりと代替案を出した。

「モルト家の長男にエスコートをさせればいい」

クリスティーナの全身から、血の気が引いた。それではまるで、アルベルトと不仲になったから、フランツに乗り換えると公言しているようなもの。

「……何をおっしゃるの、お父様……。殿下に失礼ですわ」

か細い声になりながらも反論すると、父は物憂げに表情を曇らせた。

「だが彼は、お前には少々荷が重かろう」

「――」

大きく心臓が跳ねた。『王妃の立場なんて重責だ』という、いつもの言葉とは、違う。後者は、お役目に対して難色を示しており、前者はアルベルト自身に対し、難色を示していた。

手のひらに汗が滲む。

クリスティーナは、湧《わ》き上がる恐怖心から奮い立つために、手のひらをぎゅっと握った。

「――そんなこと、ございませんわ。お父様は、私が殿下に不釣り合いだとお考えなの？」

「……」

父は無情にも、ひたとクリスティーナを見返した。その眼差しは、クリスティーナの質問を肯定していた。

「――――」

クリスティーナは薄く口を開き、衝撃に目を見開く。手のひらから、手紙が落ちた。

自分ではアルベルトに不釣り合いだと、暗に言い渡されたのだ。

敬愛する父親に認められていないという事実は、想像以上にクリスティーナの矜持《きょうじ》を折った。

「……お父さま……」

声が震えてしまう。

みっともない表情を見せられず、クリスティーナは両手で顔を覆い、俯いた。本当は、そのまま空を仰ぎ、大声で泣いてしまいたかった。

自分では――足りない。

努力して努力して、この十五年間、可能な限り学んできた。けれど父にとっては――まだ、足りない。

彼の傍に居たいという気持ちばかりでは、意味がないなんて分かっていた。だから必死になって学んできた。

それでもまだ、足りないだなんて――。

――彼の隣は、どうしてこんなにも、遠いの……！

指の間から涙が零れ落ちる音が聞こえ、喉から嗚咽《おえつ》が漏れた。父が少し、狼狽《ろうばい》する。

「ああ、違う、違うよ。お前に更なる努力を課したいわけではない。お前はどこに出しても申し分のない、素晴らしい娘だよ。ただお父様は、お前にはもっと安穏とした未来を手に入れてほしいと――」

「殿下とだって……っ手に、入れられるはずですわ……っ」

「しかし……」

クリスティーナは首を振った。クリスティーナは、アルベルトでなければ嫌だ。

どんな努力だってする。なんだってする。

だからお願い――彼の傍に居させて。

クリスティーナは涙で濡《ぬ》れた顔を上げた。胸を押さえ、父に願う。

「お願いです……どうか、私にチャンスをください。もっと努力します。だから……っ」

父は眉根を寄せた。

「問題は、お前ではない。王太子など……」

「――私は……っ、殿下でなければ嫌なのです！」

「――」

父親の言葉を遮って、クリスティーナは声を上げる。父の眉間《みけん》に深い皺《しわ》が刻まれた。父は厳しい表情でクリスティーナを見据えたが、意見を変えないと判じたのか、溜息交じりに視線を逸らした。

それは、これ以上何を言っても無駄だと、落胆した表情に見えた。

「……では、殿下にご予定をお伺いしなさい。殿下がご無理であっても、ご招待いただいた夜会には参加するように。これは、先日馬車をお借りした、お礼なのだろう？　ご迷惑をおかけした以上、誠意は示さねばならない。それくらいは、分かるだろうね？」

「……畏まりました」

クリスティーナには、反論の余地はなかった。退室の際に、ハンスがさり気なく差し出したハンカチで目頭を押さえると、柔らかな薔薇の香りが鼻先を掠めた。

あれから、アルベルトには会えていないけれど――三日とおかずに、彼は薔薇の花を贈ってくれている。添えられるカードには、同じ言葉が書かれていた。

『愛をこめて――　アルベルト』

――お父様、お願いよ――。私、あの方が大好きなの……。

背後で、父のやるせない溜息が聞こえた。

# 4

アルベルトに夜会について手紙を送ってから、一週間たった頃、クリスティーナは憂鬱《ゆううつ》な気持ちで、侍女のエティに向かい合っていた。

自室のソファで本を読んでいたところに、エティがつぶらな瞳を輝かせて、手紙を運んできたのだ。その手紙を一目見れば、王家からかどうか分かるクリスティーナにとって、彼女のウキウキした表情はどうにも理解しがたかった。

「どなたから……？」

「フランツ様からです。お花も添えられておりますよ、お嬢様。今が盛りのアジサイですわ。綺麗ですねえ？」

「……」

エティが部屋に来た時点で、彼女の腕に抱えられたアジサイは目に入っている。瑞々《みずみず》しい青い花を横目に、クリスティーナは無言で手紙を受け取った。ドレスや髪飾りなどの高価な品であれば、受け取れないと言えそうなものだが、花束はそうもいかない。手紙に目を通すと、再来週の夜会の準備はいかがだろうかという確認に合わせて、庭で取れた花を贈ると書かれていた。――ご挨拶がてら添えただけで、特に他意はないという、とても自然な贈り物だ。

「フランツ様はとっても積極的なお方なのですねえ。なんだか私、鼻が高いです！」

「……どういう……意味かしら？」

エティは送られてきた花を部屋に飾る気満々の顔で、部屋を見回しながら答えた。

「あら、だって。殿下に負けず劣らず、うちのお嬢様だって人気があるのだと世間にお分かりいただける、いい機会じゃありませんか」

「……エティ」

私はそんな、スキャンダルまがいの話題に晒《さら》されたくはないわ——。

妙な意気込みを見せる侍女に、どう言えばいいのか分からず、クリスティーナは項垂《うなだ》れる。

エティは取り繕った声音で、明るく話題を変えた。

「そうそう、お嬢様！　もう一通お手紙をお預かりしております」

「——」

差し出された手紙を見た途端、クリスティーナは一切を忘れて、手を伸ばした。上等な紙を使った封筒。封筒の四隅には、繊細な透かし紋様が入っていて、空押しの印章が目を惹く。真っ白な封筒を裏返せば、封蠟に使われている紋章が目に入った。二頭のライオンが盾を支え、その背後に竜が踊る——ノイン王国で、唯一王冠をいただく紋章——王家だ。

「あ、お嬢様……それは」

机の脇に置いていたペーパーナイフを使って、手紙を開いたクリスティーナは、がっくりと、これ以上ないほどの落胆を覚えた。気遣わしげなエティの声の意味が分かる。

花を練り込んだ特殊な便箋《びんせん》を好んで使うのは、王家の中でも、女性に限定された。

「……アンナ様からね……」

彼女らしい、丸いフォルムの文字が踊っている。

『ハイ、クリスお姉様。お元気にしていらっしゃる？　最近お会いしていなくて、アンナはとても寂しいわ。今度茶会をしたいの。二日後の午後なんていかがかしら？　お待ちしているわね！』

——夜会まで、あと二週間を切っている。

にもかかわらず、アルベルトからの音沙汰《おとさた》は、一切なかった。薔薇の花は贈られてくるけれど、添えられるカードには同じ文言が連なるだけだ。もはや定期的に贈るよう采配されているだけなのではと、疑いを抱きそうになるほど、変化がない。

「お嬢様……アンナ王女殿下はどのようなご用件でしたか……？」

「ええ……茶会を、されたいそうよ……」

クリスティーナは、上の空になりながらも、二日後、王宮を訪ねる準備をするよう口を動かした。

再来週の夜会に、アルベルトが同行できなかったら、どうしよう。男性ならともかく、女性が一人で夜会に参加するなんて、あり得ない。社交界デビューしたての娘だって、家族や友人・知人にエスコートをしてもらうのだ。

クリスティーナは、社交界デビューをする時点から、隣にアルベルトがいた。アルベルトが同行できないなら、端から宴《うたげ》を断るだけで、対応を考える必要もなかった。

だが今——すでに二週間を切った夜会の、同行者を考えなければならない。

クリスティーナがお願いすれば、公爵家の名のもとに、誰か一人は見つかるだろう。しかし今のクリスティーナは、他《ほか》の男性を選べなかった。アルベルトとクララの噂があるからだ。

アルベルトと互いの誤解を解いてから、もう一か月が経《た》とうとしている。一か月もの間、顔を合わせていないというだけでも、世間の目には芳しくない状況と受け取られているだろう。この上、クリスティーナが別の男性と宴に出ようものなら、不仲なのだと根も葉もない噂が広がってしまう。

クリスティーナは、着々と進んでいくこの不利な状況に、戦《おのの》いていた。

アルベルトとクリスティーナは心を通わせているのに、外側は着実に二人の仲を引き裂こうと動いている。

「なんて恐ろしい、世界なの……」

クリスティーナは指先を震わせて、ソファに両手をついた。頭の中では、異世界で見た、ゲームのシナリオを繰り返し復習している。

一か月前の夜会では、クララはクリスティーナに打たれるはずだった。酷い仕打ちに泣き崩れるも、王子に家まで送り届けられ、二人の仲が深まる——という流れだった。

実際には、クリスティーナは彼女を叩《たた》かなかったし、アルベルトによれば、彼女を送り届けたのはエミールだ。

少しずつ、物語は食い違っている。けれども安心なんてできなかった。大筋では、決してシナリオから外れていないのだから。

——当然だ。

クリスティーナは欠片《かけら》も、妨害してこなかった。

ゲームの世界では、あれから公園デートや森林デートを繰り返して、親密度を上げていけば、ハッピーエンドだ。親密度が上がってからは、恋敵役の妨害は目減りしていった。

花を贈られるだけのこの一か月、クララとアルベルトの関係は、どうなっているのだろう。

――どうしてアルベルト様は、私に会ってくれないの……？

不安に押し潰《つぶ》されそうな日々を過ごすうち、クリスティーナは、自分を支える根底を疑い始めていた。

「……怖い……」

アルベルトの心が、少しでもクララに向かっていたら――。クリスティーナの唇が、小さく震える。

侍女に整えられた、艶やかな爪が光を反射した。白い手のひらは、いつも以上に真っ白だ。肩口から、さらりと髪が垂れ落ち、心配そうに見つめる侍女から、クリスティーナは顔を隠した。顔など、見せないほうがいい。きっと今の自分は、恐怖に凍り付いた顔をしているから――。

一か月という長い期間は、クリスティーナの心を確実に汚《けが》していた。

クリスティーナは、重く瞼を閉ざす。

――運命は、変わらないのかしら……。

誕生日に感じた絶望が、再び心を苛《さいな》む。邪魔者に生まれた自分が、恨めしく、苦しい。

クリスティーナは、衣擦《きぬず》れの音と共に、ソファに突っ伏した。

お願い、神様……。――どうか私から、彼を奪わないで……。

――世界は、音もたてず、物語を進める――。

# 5

アンナに請《こ》われるまま、王宮に招かれたクリスティーナは、以前訪れた薔薇園とは正反対の位置にある、東園に案内された。東園で茶会をするなら、園の中央にある建物のサロンを使うのが通常だが、今回の席は、回廊傍に設けられていた。アンナの気まぐれだろう。そこは、外回廊からアイリスの花がよく見えるよう、計算された場所だった。外回廊の向こう側は、薔薇園からも見えた、湖のある庭園だ。

派手な赤色のドレスを着たアンナは、クリスティーナが現れると、席に着いたまま手を振った。レースをたっぷり使った袖口《そでぐち》が揺れる。

「ごきげんよう、クリスお姉様。どうぞお座りになって！」

「ごきげんよう、アンナ様……」

ご機嫌そうなアンナとは対照的に、地味な濃紺のドレスに身を包んだクリスティーナは、精気のない声で応《こた》える。茶会までの間に、一縷《いちる》の望みをかけて待っていたが、アルベルトからの返事はなかった。もう時間がない。アルベルトが無理ならば、代わりの人を探さないと——。

脳裏を過《よぎ》ったフランツの笑顔に、クリスティーナは口元を引き結んだ。

「どうなさったの、お姉様。眉を顰《しか》められるなんて、美しいお顔が台無しよ？」

机の脇にカートを運んできた侍女が、茶を淹《い》れ始める。今回の茶会は、アンナとクリスティーナの二人だけらしい。

クリスティーナは、内心の葛藤《かっとう》を押し隠し、微笑む。

「いいえ、なんでもございませんわ。本日はお招きありがとうございます」

幼い頃からクリスティーナを姉のように慕ってくれているアンナは、つまらなそうに口を尖《とが》らせた。

「……分かっておりますわ。どうせアンナよりも、お兄様が気になるのよね」

「い——いえ、そんな……」

クリスティーナの頰が、微かに染まった。年下の女の子に見透かされるくらい、分かりやすい表情をしていたのだろうか。

王宮に来たからと言って、アルベルトと会えるわけではない。アンナが送って寄越した招待状に、アルベルトの名は挙がっていなかった。つまりアルベルトが預かり知る茶会ではないし、御名が挙がっていない以上、接点は設けられないのだ。

そんな分かり切った場面で、露骨に彼を探していたとしたら、とても行儀が悪い。

アンナは外回廊の方に視線を逸らし、頰杖をついた。

「いいの。お姉様が心配してらっしゃるだろうなあとは思っていたのよ。お兄様、最近とってもお忙しそうだもの。王宮にお戻りなる暇もないご様子で、ずうっとお外に出ていらっしゃるのよね。王太子って、面倒なお立場！」

「フラム州で何かありましたの？」

戻る暇もないほど忙しいなんて、いずれかの政務に支障があったということだ。アルベルトの仕事内容を詳しく知るわけではないが、フラムの一件は、何となく気になっていた。何事もつつがなく進んでいるという顔をするアルベルトが、予定を早めて現地に行きたいと公言するのは、滅多にないことだった。

アンナは小首を傾げ、本当に分からない、という顔をする。

「私、難しいことは分かりませんわ、お姉様。でも――」

「――クリスティーナ？」

アンナの声に、耳慣れた声が重なった。クリスティーナは、反射的に顔を巡らせた。

机傍の回廊に、黒い軍服に身を包んだアルベルトと、彼の部下らしき男性が一人、立っていた。

風が吹いて、漆黒の前髪が乱れる。アルベルトは、煽《あお》られた前髪もそのまま、クリスティーナの傍まで近づいた。

クリスティーナの口から、安堵の溜息が漏れる。

「……アルベルト様……」

――よかった……。

少し涙が滲んだ。フラム州で怪我《けが》などしていたらどうしようと、ずっと心配だった。一見して、アルベルトの体に不自由はなさそうだ。

アルベルトが何事か話そうとしたところ、彼の傍らにいた部下が、顔を上げた。

「――殿下」

アルベルトは、はっと手にしていた書類に視線を落とす。彼は眉間に皺を刻み、部下に書類を手渡した。

「先に戻れ。決済は今日中にする」

「――は」

アルベルトの書斎に持っていくのだろう。部下は頭を下げて中央塔の方へ向かって行った。

ひと月ぶりに、アルベルトに会えたクリスティーナは、自分の表情には気付かず、立ち上がる。今まで心配だった。ずっと連絡を取れなかった理由も聞きたいし、なによりフランツについて、相談したくてたまらない。

彼は、不安と恐怖を訴えたい余り、今にも泣き出しそうなクリスティーナと、その向かいに座っていた妹を、訝《いぶか》しげに見た。

「どうしたの？」

「アルベルト様……」

よろよろと近づけば、当たり前のように抱きしめてくれる。大きな彼の腕に抱かれ、クリスティーナはめそめそと泣いてしまいそうだった。

アルベルトは怪訝《けげん》な声で、アンナに問いかける。

「アンナ。クリスティーナを困らせているのではないだろうね？」

「まあ、失礼しちゃう。私、愛の橋渡しをして差し上げましたのに」

アンナはどうでもよさそうな表情で、机に肘《ひじ》を付き、両手で頬を包み込んだ。

「何を言っているんだ？」

アルベルトは困惑顔で、クリスティーナの瞳を覗き込んだ。

「どうしたの？　泣きそうじゃないか。アンナに意地悪された？」

「いい、え……っ」

アンナが意地悪をするはずもないのだが、答える途中で、クリスティーナの声はひっくり返った。

アルベルトが返事も待たず、目尻に口づけてきたのだ。

身についた習性で、周囲に視線を転じると、すかさず頰に口づける。

「あ……っアル……！」

「うん？」

公爵家の侍女を探したが、そう言えば、王宮に着くなり下げたのだった。迎えに来た王宮の侍女に、今回は客人が少ないから、公爵家の侍女は休んでいるようにと言われたのだ。

そのまま耳元に唇を寄せて来たアルベルトの顔を、クリスティーナは、渾身《こんしん》の力で押しやる。侍女の目はないが、アンナに見せていい光景ではない。アルベルトは、不満げにクリスティーナの唇を目で追った。いかにも、キスがしたい、という表情だ。

「お待ちになって……その、えっと……」

先日の過ぎた逢瀬《おうせ》を思い出し、クリスティーナの体が縮こまる。見かねたアンナが、割って入った。

「お兄様ったら、私がいるのをお忘れじゃなくて？　いくら久しぶりだからって、強引すぎですわよ」

「……」

アルベルトの顔が、あからさまに邪魔だな、と言いながら、アンナを見返す。そんな態度を取ったら、口喧嘩《くちげんか》になると分かっていそうなものなのに、彼はいつも、クリスティーナの前ではアンナを邪険にした。負けん気の強いアンナが、案の定、柳眉《りゅうび》を逆立てる。

「もう、なによ。分かっていらっしゃらないわね！　今日、お兄様が愛しのお姉様にお会いできたのは、この私のおかげでしてよ！　お兄様がフラム州からお戻りになる予定日を、わざわざロナルドに確認して、丁度よい塩梅《あんばい》ですれ違われるよう、回廊傍に茶席を設けたのは、このアンナですわ！　褒めてくれたっていいじゃない！」

ロナルドとは、王家に仕えている執事の名前だ。

アルベルトは、しばし黙り込んだのち、ぼそりと言った。

「よくやったな、アンナ」

「――嬉しくない褒め方がお上手ですこと！」

アンナは下唇を付き出し、そっぽを向く。

クリスティーナは慌てて、取り成した。

「すごいですわ、アンナ様。すれ違うタイミングを計るなんて、なんてご聡明なのでしょう。私たちのために気を遣っていただけて、とても嬉しいですわ」

それは、本心でもある。思いついたまま行動する傾向にあるアンナが、周囲に報《しら》せず、計画立てて行動しただけでも、驚きに値する。しかも、それが自分のためではなく、自分の兄と、その婚約者のためだとは――。

一生懸命考えたのだろうと褒めてあげたいし、心からありがとうと言いたい。

褒められると、ころりと機嫌をよくするアンナは、今日も可愛く笑い返してくれた。

「そうでしょう？　お父様や宰相がお兄様を苛めるのは、ちっとも構わないのだけれど、お姉様までお寂しい思いをされるのは嫌だったの。お兄様は気が利かないから、お忙しさにかまけて、お姉様にお手紙一つお送りしていないに違いないと思っていましたのよ」

「——え？」

「花束にカードをつけて、送っていた」

——『宰相がお兄様を苛める』という、耳慣れない言葉について問いたかったのだが、二人の応酬の間で、クリスティーナの声は流される。

「どうせ同じ文言の、カード一枚でございましょう？」

「…………」

簡単に見透かされたアルベルトは、口元を歪《ゆが》めた。アンナは鼻を鳴らす。

「愛を込めた花束も結構ですけれど、ちょっとはご自身についてお姉様にお伝えしないといけませんわ。ご自分がフラム州に詰めていて、王宮に送られてくる私信などは感知できていない、ですとか！」

「——フラム州に詰めていらっしゃったの？」

そんな話、父からも聞いていなかった。驚いて見上げたアルベルトは、ばつが悪そうに視線を逸らした。

「……越冬のための環境整備で……ちょっと」

「道路整備に合わせて、治水事業もまとめて陣頭指揮を執るよう、陛下にご命令いただいたのよね。宰相お墨付きの、治水事業ですもの。たいそう有意義なお仕事でしょうね、お兄様？」

「………………」

アルベルトの眉間に、深い皺が刻まれた。無言で俯く様は、有意義とは程遠い状態なのだろうと容易に想像できる。

治水と言えば、クリスティーナが幼い頃から、父が取り組んでいた事業だ。

ノイン王国は、山が多い国で、川に恵まれている。けれど天候によっては、この川が氾濫《はんらん》して、町を一つ、二つ呑み込むこともざらだった。川の上流に堰《せき》を造ったり、川幅を広げたりして、被害を減らしていっているものの、整備は王都に近い州から優先されている。まだ地方全域までは対応しきれておらず、整備が間に合わない場所は、土嚢《どのう》を積み上げて対処するなど、その場しのぎの状態だ。

――残念なことだが、ノイン王国は中央と地方の整備格差が激しい国だった。

整備が不十分な地域の橋は、倒壊しやすい。少しでも水の抵抗を減らすために、鉄砲水や大水の際は、橋そのものが三等分ないし、四等分に外れ、板の向きを水流に合わせて回し、倒壊を防いでいる。しかし水の勢いに負けて、橋の支柱そのものが崩れるのも、珍しくなかった。天候によっては、橋を直している間に、また大水で崩れることも、ままある。

地方になればなるほど、橋の役割は重要で、川向こうに行かなくては生活用品を揃《そろ》えられないような、小さな集落が多かった。そういう地方の一つが、フラム州だ。

クリスティーナは、アルベルトから身を離した。

アルベルトが指揮を執っているのは、もともとは父の仕事だ。クリスティーナの手紙に返事ができないほど、忙殺されていたのだろう。

「ごめんなさい……。お父様が、ご無理を言っているのね……」

「いや、宰相は……」

アルベルトが応えるのに重ねて、アンナが言い放つ。

「国王陛下ですわよ！」

「え？」

アンナは憤懣《ふんまん》やるかたない表情で立ち上がり、回廊からよく見えるよう、整然と咲き乱れているアイリスの花を一つ、手折る。

「宰相はあまり、乗り気ではなかったようですわ。でも陛下が、強く命じられたの。宰相の掌中《しょうちゅう》の珠《たま》に傷をつけそうになったから、お怒りなのよ。掌中の珠がどう感じるかは、そっちのけで、お兄様の度量を試していらっしゃるの。お二人とも、女心というものをお分かりじゃないわよね」

「……顔を見に行けなかったのは、悪いと思っているが」

アルベルトは憮然《ぶぜん》たる表情で、仕方がないだろうと呟く。

民のためならば、そちらを優先して当然だ。それでいい。いいのだけれど——。

「おっしゃっていただければ……よかったのに」

一言くらい、どんな状況なのか教えてくれれば、不安に苛まれた日々も少しはマシになっていた。

小さく抗議すると、彼は視線を逸らしたまま、口ごもる。

「それは……」

「お兄様は格好つけでいらっしゃるから、寝る間もなく働いている御状況だとは、口が裂けても言えなかったのですわ。――宰相は同じお仕事を、さらりとこなしていたのですもの」

アンナの横槍《よこやり》に、アルベルトが明らかに気色ばんだ。

「宰相と僕とは……」

「経験が違いますものねえ？」

おほほほほ、なんて心底馬鹿《ばか》にした調子で、アンナは高笑いをする。

父が乗り気でなかった理由が、分かった気がした。きっと父は、アルベルトに無理を強《し》いて、民のために執り行われるべき事業内容に、破綻《はたん》が生じることを恐れたのだろう。

アンナはアルベルトに才がないかのように言うが、これは実力の問題ではない。

十数年前から計画立てて事業を仕切ってきた父と、その仕事を突然任せられたアルベルトとでは、作業効率に差が出るのは、当然だ。これまで進めてきた事業内容を把握するまで作業を止めさせるわけにはいかず、現場で作業を進めさせながら、計画を頭に入れていくしかない。そうなると、既に計画が頭に入っている父と、アルベルトでは、差が生まれる。

事業が問題なく進んでいるのなら、それで十分、彼は健闘しているのだ。

クリスティーナは、十分活躍しているだろうアルベルトに、笑いかける。

「ご苦労なさっていることは、恥でもなんでもございませんわ。殿下がご苦労されている分、事業に問題は出ていないのでしょう？」

アルベルトはぐっと言葉に詰まり、目を眇《すが》めた。

「……それは、そうなのだけれど……、今回はちょっと……」

「お兄様は、本当ならお会いできませんでしたのよ」

ご機嫌斜めのお顔をしている、アンナを振り返る。

「会えない……？」

「アンナ」

止めろ、というニュアンスでアルベルトが名を呼ぶと、彼女は顔を背けた。

「ええ。フラム州の事業をご采配されて以降、陛下と宰相は、お兄様にお姉様との面会を、当面禁止だとお命じになっていらっしゃるの。お姉様には何も告げずに、勝手にお決めになって。ほんと意地が悪くて、私、我慢なりませんでしたわ！　お姉様をなんだと思っていらっしゃるのかしら！」

お姉様はお人形じゃございませんのよ、と自分のことのように涙ぐむ。

「そうじゃない。そんなつもりで、采配されているのではない。全部、僕が不甲斐《ふがい》なかったからで」

どういうこと、と口を挟む隙《すき》もなく、怒りを抑えきれないアンナが、刺々《とげとげ》しく続けた。

「それなのに、お兄様はお勤めの合間に、クリスお姉様を放って、夜会にご参加されていらっしゃったりもして！　――ほんとに、お父様も宰相も、お兄様も、みんな女心をご存じないわ！」

アルベルトが、アンナに厳しい一瞥《いちべつ》を投げつけた。

「夜会に出たのは、必要があったからだ。行きたくて出席したわけではない」

「――」

胸の中心が、ぱきっと音を立てて凍り付いたようだった。

アルベルト様一人で、夜会に参加していたなんて――。……浮気？　――いいえ、まさか。

クリスティーナは、アルベルトを信じている。

それでもやはり、クララとアルベルトの逢瀬を妄想してしまった。いくらアルベルトが、クララに特別な感情はないと言っても、記憶の奥底にある、ハッピーエンドの光景が心を蝕《むしば》む。

王都中央にある大聖堂で、華々しくあげられる、アルベルトとクララの結婚式――。

どろりと、憎しみに似た嫌悪感が湧き上がった。

アルベルトの隣に立ち、至福の笑顔を湛《たた》える、黄金の髪の美少女。

――あれはまがい物だ。

アルベルトがクリスティーナを求めてくれているのだから、起こるはずがない。

「…………」

――ねえでも、世界がハッピーエンドに向かっていたら――？

不意に浮かんだ疑問に、目が焦点を失った。

世界がハッピーエンドに向かっていたら……――そんなの、クリスティーナになす術《すべ》はない。

クリスティーナはどんな魔法も使えないし、世界が動くなら、クリスティーナのようなちっぽけな役割は、直ぐに用済みになるだろう。それに、運命の力が働けば、それぞれの気持ちなど構わず、登場人物たちを予定通りの結末に導くなど、造作もないのではないだろうか。

その証拠が、図書室でのアルベルトの告白だったとしたら――。当人の内心とは裏腹に、世間の目には、アルベルトはクララに興味を持っていると受け取られていた。

どんなに本人が心で拒否しても――運命は、アルベルトとクララを結びつけようと、世界を動かすのでは。

思考に意識を奪われ、呆然《ぼうぜん》と立ち尽くすクリスティーナの体が、引き寄せられた。アルベルトが、変わらぬ甘い笑顔で、自分を抱きしめている。

「ごめんね、君に連絡を取りたかったのだけど、時間がなくて。陛下と宰相には、僕からきちんと対応するから、直ぐに会えるようになるよ。会えるようになったら、いくらでも我が儘を聞いてあげる」

――我が儘なんて、言わないわ。

「民のためですもの……私なら、大丈夫……」

気にしていないような物言いをしても、懐疑的な思考に歯止めがきかなかった。

――ねえ、一人で夜会に行って、何をしていたの？　クララと会ってしまった？　お昼間に偶然、王都の公園で鉢合わせたりしなかった……？

物語の要《かなめ》となる、イベントの数々を頭の中で挙げていっては、そのまま全て呑《の》み込んだ。

何も聞けない。――聞く勇気など、持ち合わせていない。

万が一、どれかに当てはまっていたり、網羅したりしていたら、太刀打ちができない。諦めるしかない。どんなにアルベルトが自分を好いてくれても、世界のルールに縛《しば》られる。

「ありがとう。分かってもらえて、良かった」

ほっとする彼の笑顔が、愛しかった。

——我が儘なんて、言わない。だからお願い。ゲームの流れ通りに、行動しないで。

二人の未来が怖くて、息が震えた。クリスティーナは涙を堪《こら》えるために、瞬きを繰り返し、上手《うま》くできず、俯く。その頭に、アルベルトは口づけた。

「ねえクリスティーナ。そんなに時間の余裕があるわけではないけれど、何かお願い事はある？　寂しい思いをさせているお詫《わ》びをするよ」

後頭部を撫でた手のひらが、首筋に添えられる。剣の訓練で節が目立つ彼の手は、大きさとは裏腹に、とても繊細な動きをした。

「イヤリングを買おうか。君の瞳に合わせて、アメジストを使ったものはどう……？」

そっと親指で顎のラインを撫で上げ、クリスティーナを上向かせる。視線が絡むと、彼は指先でクリスティーナの耳朶《じだ》に触れながら、眉を上げた。漆黒の瞳が、心の奥まで見透かそうと、クリスティーナの瞳を覗き込む。

「……どうかした？　何か、不安……？」

「いいえ……、……いいえ」

首を振るクリスティーナの答えは、答えになっていなかった。何度も涙ぐみ、様子が違うクリスティーナに、アルベルトが眉を顰める。

「クリスティーナ。何かあったなら、ちゃんと言ってくれ。言われないと、分からない」

「………」

世界に、貴方を奪われるのが怖いの――。

本心を言えるはずもなく、クリスティーナは今言える、不安を口にした。

「……来週の夜会に、ご一緒してくださいませんか……」

「夜会……？　どちらの」

クリスティーナはきゅっと唇を噛《か》んで、顔を上げる。震える息を吸い込み、はっきりと答えた。

「モルト伯爵家の夜会に、招待されております。フランツ様から、お父様宛てに、お手紙が届きました。私を夜会に招きたいという、招待状でした。お父様には、たとえ殿下のエスコートがなくとも、参加するように命じられております」

「――……」

アルベルトは、軽く目を見張った。彼はこれだけの情報で、状況を十分に理解できる人だった。父――ザリエル公爵は、フランツにクリスティーナへの干渉を許し、将来的には、王太子との婚約破棄を念頭に置いている。

二人を見ていたアンナが、首を傾げた。

「どういう意味ですの？」

「お前は少し、黙っていろ」

アルベルトにぴしゃりと遮られ、アンナはむう、と口を尖らせる。だから軍服のお兄様は嫌いなのよ、と文句を言っていたが、アルベルトは無視だ。

胸の前で腕を組み、拳《こぶし》で口元を押さえながら、アルベルトはクリスティーナに尋ねる。

「それは、いつ？」

「来週ですわ……十日後です……」

「……十日後」

難しそうな声だった。分かっている。彼が優先すべきは民であって、恋人ではない。

クリスティーナは、諦めの笑みを浮かべた。

「お気になさらないで。無理を承知で、お伺いしたの。私一人でも、問題ございませんわ」

アルベルトは首を振る。

「いや、駄目だよ。絶対に、一人では行かせられない……」

「フランツ様って、モルト伯爵家のご長男でしょう？」

考え出したアルベルトをいいことに、アンナが身を乗り出してくる。モルト商会は、最近になって王家御用達の枠内に入った。流行好きのアンナには、興味深い御家だろう。

クリスティーナは無邪気なアンナが可愛く、微笑んだ。

「ええ、そうです。アンナ様も、モルト商会のドレスをお召しになるの？」

「そうなの。流行だって聞いたから、お母様にお願いして、王家御用達に入れていただいたの」

「——ああ……そうか……。そうだったな」

その低い声は、今まで聞いたことのない、暗い声色だった。ぎょっと見返すと、彼は冷えた眼差しを中空に据え、何事か考えている。

「……アルベルト様……？」

「あれ、このお話って要するに、フランツ様がクリスお姉様を取っちゃうつもりってこと？」

アンナはきょとんと言葉を発してから数秒後、俄《にわか》に事態を理解した顔つきになった。心底腹立たしそうな表情で、アルベルトを睨《にら》みつける。

「ちょっとお兄様……。私、クリスお姉様以外の方が、お兄様のお嫁さんに迎え入れられたりしたら、いびり倒して、遠からず、息の根を止めて差し上げるわよ」

「ア……アンナ様……」

どこかで聞いたような、不穏な言葉だ。対するアルベルトは、何でもない顔でたしなめる。

「アンナ、言葉を慎みなさい。王家に生まれた以上、僕たちには、しがらみが付いて回るものだ。お前だって、望まない相手と結婚しなければならない可能性があることくらい、分かっているだろう？」

「じゃあ、クリスお姉様を諦めるおつもりだとおっしゃるの⁉」

アルベルトは鼻で笑った。アンナには答えず、クリスティーナに向かって微笑む。

「大丈夫だよ、クリスティーナ。最善を尽くすと約束する。……ところで、そのフランツ殿から、招待以外で、何か送られたりしているかな……？」

「……いいえ。宴に参加する準備ができているか、尋ねられるお手紙が、アジサイと一緒に贈られてきたくらいです」

アンナが皮肉気に笑った。

「堂々とお心移りを勧めていらっしゃるじゃない。宰相も、かなり乗り気でございますわね、お兄様」

「……」

アルベルトは、笑顔で黙り込んだ。話の要点が掴《つか》めないクリスティーナに気付いたアンナが、肩を竦めた。

「花言葉はお兄様の十八番なものだから、いちいち聞かされた私も、詳しくなってしまったのだけれど——アジサイの花言葉は、『移り気』といいますのよ、お姉様」

「………」

アルベルトが花言葉に詳しいのは、父の影響だ。

父が花言葉を口にする場面に遭遇した例はないが、公爵邸の庭園に咲き乱れる花々は、父が母のために選んだ、愛情に満ちたものばかりだった。母は花言葉に疎く、さっぱり気づいていないが、それぞれの花にはメッセージが込められているのだとか。花を駄目にしたクリスティーナとアルベルトを咎《とが》める際に、一度だけ、執事がそんな話をしてくれた。

それ以来、アルベルトは密《ひそ》かに花言葉を勉強していたようだ。

クリスティーナの頭が、どんよりと重たくなる。

花に詳しい父が、一般的なアジサイの花言葉を知らないはずがないし、届いた花に文句をつけなかったなら、それが父の答えだった。

アンナは手にしていたアイリスを、無造作に放り投げる。

「ちなみに、このアイリスの花言葉は、『吉報』でしたかしら、お兄様？　よろしゅうございましたわねえ。このアンナのおかげで、大事な姫様を守れますわよ」

投げつけられたアイリスの花を、アルベルトは顔を顰めつつ、受け取った。

花をしげしげと眺め、溜息を吐く。

「…………」

クリスティーナは、顔を上げる。

アルベルトが、取り成すように微笑んで、抱きしめてきた。

すっぽりとクリスティーナを包み込んだ腕は長く、胸は逞《たくま》しかった。

もしも運命が、二人に終わりを告げるなら――。

考えるだけで、泣き出してしまいそうな仮定に、クリスティーナは顔を伏せる。

もしも運命が、残酷な最後を用意するのなら――。

クリスティーナは指先で瞼を押さえ、細く震える息を零した。

泣き出しそうな自分をごまかし、落ち着くために、胸を押さえる。

何度考えても、答えは見つからない。クリスティーナは震えながら、手放したくない、愛しい人の胸に、そっと額を置いた。

――ずっと、あなただけを愛してるわ……。

ほんのちょっとだけ、甘える態度を示したクリスティーナに気付いたアルベルトが、ぼそりと呟いた。

「クリスティーナ……君は本当に、アンナと違って、愛らしいね……」

「聞こえてましてよ、お兄様……。どういう意味か、詳しくお教えいただけますこと？」

「……」

アルベルトは無言で舌打ちし、アンナは癇癪《かんしゃく》を起こした。

アンナを宥めるのに注力してしまったクリスティーナは、己の確認不足にも気付かず、家路についたのだった。

# 四章　舞姫　1

夜会まで二日に迫ったその日、公爵邸の自室で、クリスティーナは悶々《もんもん》としていた。一見、優雅に日暮れを眺めているようだったが、内心では、のたうち回っている。

アンナの計らいで、アルベルトと会えたあの日から、クリスティーナの元には花さえも届かなくなった。政務で忙しいためだと分かっているが、心は穏やかにならない。

クリスティーナは、不穏な事態に気付いてしまったのだ。

――アルベルトは、夜会に同行するとは言っていなかった。

彼の答えは、最善を尽くすという、非常に曖昧《あいまい》な返答だったのだ。

あの時は、一緒に参加してくれるものだと勝手に判断したけれど、どうするつもりなのだろう。

万が一、アルベルトが同行してくれないと分かれば、父は前日だろうとフランツに連絡を取りつけて、エスコートを頼むだろう。そうなっては、クリスティーナに逃げ場はなかった。

「まるで、フランツ様と私の婚礼序曲を聞いているみたい……」

ぼそりと世迷言《よまいごと》を呟《つぶや》き、クリスティーナは、はたと顔を上げた。

――婚礼……？　フランツ様と、私が……結婚……。

この世界のシナリオが、脳裏を過《よぎ》る。クララの恋敵役である『クリスティーナ』は、どこの誰《だれ》とも知れない『商人』と、郊外で結婚していた。

まさか――フランツ様が――？

「つ……っ」

クリスティーナの視界に、閃光《せんこう》が走った。思わず目を押さえたその時、扉をノックする音が、考え事の全《すべ》てを消し去る。

「お嬢様、お届け物でございます。入りますよ」

「――」

返事を待たず、扉を開けた侍女――エティの後ろに、執事がいた。エティは何も持っておらず、ハンスが大きな箱を抱えている。白いリボンがかかった、色鮮やかな空色の箱だ。

それは、モルト商会の商品を包む箱だった。

贈り物だ。――大きさからして、衣服だ。

なぜ？　あの夜会の別れ際には、衣服はいらないと断ったのに――！

今しがた過った仮定を裏付ける現実に、ぞっと寒気が走り抜ける。返事も待たずに扉を開けるものじゃないと、侍女を叱《しか》りつけるよりも先に、口は拒絶の言葉を放った。

「いらないわ」

「え？」

エティがつぶらな瞳《ひとみ》を瞬《しばたた》いて、意味が分からないという顔をする。クリスティーナは、我に返った。相手を確認する前に、拒否してはいけない。

「い、いいえ、何でもないわ……。ど、どなたからかしら……？」

フランツから贈られてきたアジサイは、不吉に感じられ、目の届かない場所に飾るようお願いしていた。夜会に合わせて、彼からドレスが送られてきたりしたのなら、即座に送り返そう。これ以上、外堀を埋められるのは御免だ。

エティは箱の上に添えられていた封筒を抜き取り、にこやかに近づいてくる。

「お手紙もご一緒に送っていらっしゃいましたよ、お嬢様」

――誰からなのって聞いているのに……。

自分の質問に答えず、手紙を押し付けてくる侍女を、じっとりと見返してしまう。苦々しい思いで封筒を見下ろしたクリスティーナに、ハンスがさらっと告げた。

「アルベルト殿下からでございます」

「…………」

クリスティーナは、ハンスの顔を見返し、そして渡された封筒を見直す。見間違いようのない、王家の封筒に、見慣れたアルベルトの流麗な文字が踊っていた。

『親愛なる、私のクリスティーナへ――』

全身が、安堵《あんど》のあまり弛緩《しかん》する。贈り物は、フランツからではなく、アルベルトからだった。へたり込みそうになるのを我慢して、封筒を開く。

『親愛なる、クリスティーナ

連絡が遅くなってすまない。直近になってしまったけれど、プレゼントを贈るよ。モルト家主催の夜会に使ってくれると嬉《うれ》しい。当日は、君の家に迎えにあがらせてもらう。君に会えるのを楽しみにしているよ。――愛をこめて、アルベルト』

アルベルトは、手紙が苦手だ。せいぜい一枚半くらい書いてくれたらいいほうで、どちらかというと、手紙を書くよりも、会いに来るほうを選ぶ人だった。今回の手紙は、これまでになく、短い。時間がない中、書いてくれたのだろう。手紙の文字も、乱れ気味だ。

ハンスが、クリスティーナの傍らにある、窓辺の机に箱を置いてくれた。

「ご覧になられますか？」

「え、ええ……そうね」

クリスティーナは、指先で目尻《めじり》を拭《ぬぐ》い、頷《うなず》いた。ハンスが箱を開け、見せてくれたプレゼントは、光沢のある布地を使ったドレスだった。

銀糸に目立たぬよう黒い糸を編み込んだその布地は、手に入れるのが難しい、最新のものではないだろうか。モルト商会は、新商品の数が少ないことで有名だ。新作を少しだけ作り、上流貴族に使ってもらい、評価が高ければ大量生産に移す生産方法を取っている。

だから新商品は、数か月前から予約を取っておかなければ、作ってもらえない。以前クリスティーナが着ていた最新のドレスも、布地ができる前段階から予約して、作ってもらったのだ。定期的に利用しているお店なので、クリスティーナの型紙は揃《そろ》っているだろうが、いつから作らせていたのだろう。

「見事なドレスでございますね、お嬢様。殿下の強いご意志を感じます」

「――？」

言っている意味が分からず、見返すと、ハンスはにっこり笑んだ。

「アルベルト殿下が、無理をご承知で手配したのでしょう」

「……でもドレスを、数日で仕上げさせるなんて……」

アルベルトに夜会の話をした時点で、既に十日を切っていた。いくら王子でも、十日に満たない期間でドレスを仕上げるよう命じるのは、乱暴だし、アルベルトはそういう、身分にかこつけた無理強《むりじ》いを好まない人間だ。

ハンスは、指先でコツンと衣装が収まっている箱を叩《たた》いた。

「此度《こたび》の夜会が、モルト家であったからこそ、できたことでしょう」

夜会に参加するだけなのに、無理にドレスを作らせる必要が、どこにあったのかしら――。

ハンスはこれ以上答えるつもりがないのか、クリスティーナに対し、淑《しと》やかに頭を下げ、侍女に指示する。

「お嬢様にお茶をご用意してきます。あなたはドレスを衣装《いしょう》部屋へ」

「はい」

クリスティーナは、当惑気味にドレスを、そして、乱れた文字の手紙を見つめた。

夜会当日――アルベルトは、黒地に濃紺の生地を使った、シックな装いで迎えに来た。銀糸の光沢あるドレスを身に着けた、クリスティーナが玄関ホールに現れるなり、破顔する。
「迎えに来たよ、クリスティーナ」

「……」

クリスティーナは、おっとりと笑う。忙しいのに、クリスティーナのために時間を作ってくれた懐《ふところ》深《ぶか》さが、嬉しくて仕方なかった。

クリスティーナがアルベルトの腕に収まった時、重い声が響いた。

「――アルベルト殿下」

アルベルトの全身が緊張したのが分かった。

玄関ホール正面にある、大きな階段の突き当たりには、広い踊り場がある。そこから左右に階段が分かれ、二階へ繋《つな》がっていた。その踊り場に、漆黒のスーツに身を包んだ父が、硬い表情で立っていた。

「お忙しい中、お時間を割いていただき、感謝いたします」

「こちらこそ、彼女のエスコートをお許しいただき、感謝いたします」

「……」

クリスティーナとの面会を禁じられていたからこその、お礼なのだろう。申し訳なく見上げた彼は、父のそれを映したように、強張《こわば》った顔をしていた。

父は階段を降りて来ながら、低く笑う。

「なんの。それもこれも、我が娘を思えばこそ。感謝なぞ必要ございませんとも。――体調はいかがですかな？　娘のエスコート中に倒れられては、目も当てられません。無様な姿を晒《さら》されませんよう、お願い申し上げますよ」

「もちろんです、公爵」

クリスティーナはさっとアルベルトの顔に目を走らせた。先ほどは笑みを浮かべていて気付かなかったけれど、目の下は落ち窪《くぼ》み、隠しようのない隈《くま》ができている。疲労のせいか、肌の色も、いつもより青白く見えた。

「まあ、殿下……体調がお悪いのでしたら、ご無理は――」

「――クリスティーナ。お前は殿下が、ご自身の具合も判断できない、つまらぬ男だと思っているのかい？」

「…………。いいえ……」

クリスティーナはか細い声で答え、思わずアルベルトの肩口に額を押し付ける。父の顔は、恐ろしくて見られなかった。凄《すさ》まじい苛立《いらだ》ちと、凍《い》てつきそうな、冷えた空気が漂ってくる。

アルベルトはクリスティーナとは対照的に、真正面から父に相対した。

「夜会の後は、必ず私が、お嬢様をこちらまでお送りいたします」

父が、ふっと笑う。

「当然ではございますが……しかと聞き届けました。万が一、お言葉を違《たが》えられた際は、二度と殿下をはじめ、王家の皆様にはお会い致しませぬので、そのようにお考えください」

「――」

クリスティーナは、ぎゅっとアルベルトのジャケットを掴《つか》んでいた。

アルベルトがクリスティーナを送って帰らなければ、父は二度と王族の前に姿を現さない――つまり、辞職すると言っているのだ。父が職を離れれば、当然クリスティーナとアルベルトの婚約はなくなる。忙しくなくなった父は、草花が好きな母のために、王都から辺境の地へ引っ越してしまうかもしれないし、そうなったら、クリスティーナだって一緒だ。

クリスティーナは、その過程を想像し、閃《ひらめ》きを得た。

――『商人』と、郊外で幸せに暮らしていた公爵令嬢《恋敵役》……。

なんと嬉しくない、絶望的な閃きだろう。

ゲームのシナリオは、しっかり繋がっている――。クリスティーナの瞳に、涙が滲《にじ》んだ。

アルベルトが、場にそぐわない、朗らかな声で笑った。

「ご安心ください。私が王位を継ぐその時まで、公爵には宰相の位を退かれては困ります。――私と、クリスティーナの将来のためにも」

「……左様でございますか」

苦々しい、父の声。そろりと視線を向けると、父は意外にも、微《かす》かに笑っていた。

「気を付けて行っておいで、クリスティーナ。先方に、失礼のないようにするのだよ」

いつもの、父だった。出かける時は、少し心配そうに、けれど楽しみにしているクリスティーナを可愛《かわい》いと思ってくれている、父の笑顔だ。

クリスティーナは慌ててアルベルトから離れ、淑女の礼を取る。

「はい、お父様。行って参ります」

父は一つ頷くと、アルベルトを強い眼差《まなざ》しで見据えた。

「よろしく頼みますよ、アルベルト殿下」

「はい」

アルベルトはしっかり頷き、クリスティーナに、にこ、と笑いかける。

「行こうか、クリスティーナ」

「――はい……」

アルベルトが傍《そば》に居てくれる安心感と、これから何が起こるか分からない焦燥感に、クリスティーナは複雑な笑みを返した。

## 2

モルト家主催の夜会は、非常に華やかだった。開放された門の中に、次々と馬車が呑《の》み込まれていく様は、王家の宴《うたげ》を彷彿《ほうふつ》とさせる。恐らくすべてがモルト商会の顧客だろう。モルト家の使用人に案内され、会場へ向かう誰も彼もが、見事な衣装に身を包んでいた。

皆が和やかに談笑している会場の一角、知り合いが挨拶《あいさつ》に来るたび、笑顔を振りまいているクリスティーナの頭は、真っ白だった。

クリスティーナは、一度も来たことのない、モルト伯爵家の会場を覚えていた。

白磁に金の彩りを添えた壁紙。王宮の迎賓館と同じシャンデリア。お客が数百人は入りそうな広大なホールに、会場の一面には、連なる窓から見事なアジサイの庭園が見える。

ここは――異世界で見た、エンディングの舞台そのものだった……。

「アルベルト様……」

クリスティーナは、蚊《か》の泣くような声で王太子を呼んだ。

会場に入るなり、アルベルトの周りには招待客が我先にと群がってくる。和やかな表情で集った人々の相手をしていたアルベルトは、聞こえそうにない、クリスティーナの声に反応した。身を屈《かが》め、クリスティーナが話しやすいように耳を寄せてくれる。

「どうかした？」

クリスティーナはそっとアルベルトに耳打ちした。

「私、ちょっとお友達のところへ行って参ります……」

アルベルトはちら、と瞳をこちらに向ける。

「……いいけど、そろそろ楽曲が始まるよ」

「ええ……」

モルト伯爵家の宴は、まだ始まっていなかった。夜会は、開始時刻通りに始まるわけではない。招待客の集まり具合を見計らい、主催者が楽団に演奏を指示して初めて、開宴となった。開宴までの間、招待客はそれぞれ雑談や挨拶に回って、過ごすのだ。

開始の合図は主催者にしか分からないものだが、アルベルトは会場の具合を見て、開始の頃合いと判断したのだろう。王太子と婚約者が来たのなら、その一曲目は必ず二人で踊るもの。それは分かっているのだが、今のクリスティーナには、物事を考える余裕がなかった。一刻も早く、アルベルトから距離を置きたい。彼の傍に居たら、エンディングが始まってしまう気がした。

曖昧な返答を残し、クリスティーナはふらふらとその場を離れて行った。アルベルトが何事か言いかけたのにも気付かないほど、彼女は動揺していた。

——今日《きょう》がエンディングなんて……考えもしなかったわ……。

エンディングは、主人公と恋のお相手の好感度次第で発生が前後するから、正確な時期を推測できなかった。

クリスティーナは呆然《ぼうぜん》と、窓際を歩いて行く。窓から見える庭園には、フランツが送って寄越したアジサイが、見事に咲き乱れていた。

シナリオでは、クリスティーナはアルベルトと踊る機会を得たクララに嫉妬《しっと》して、ワインをかける。

機敏にそれを察したアルベルトが、クララを庇《かば》い、それで終わりだ。

『君には失望したよ』と言われたら、泣いて逃亡するだけ。

なんて簡単な、お役目――。

クリスティーナは足を止め、庭園に魅入る。表情を失った自分の顔が、窓に反射していた。

「――今夜も、あなたの美しい顔は……憂いに染まっていらっしゃるのですね……」

「――」

ぎくりと、肩が強張った。

窓ガラスに映った自分の後ろに、目を向ける。フランツが、人の好《よ》い笑顔を浮かべて立っていた。


「フランツ様……本日はお招き、ありがとうございます」

強張った頬《ほお》を何とか動かして、笑顔で振り返る。亜麻色の髪に、琥珀色《こはくいろ》の瞳。シルバーグレーの衣装に身を包んだ彼は、今日も柔和な笑顔で、クリスティーナの手を取った。

「お越しいただけて、大変嬉しく思います、クリスティーナ様」

片膝《かたひざ》をついて柔らかく手の甲にキスを贈ると、手を掴んだまま、立ち上がる。

「我が家の庭園はいかがですか？　見事なものでしょう」

「ええ、先日はアジサイをありがとうございました……」

フランツはにっこりと微笑《ほほえ》む。含みのある笑顔だった。

「お気に召していただけたのなら、よかったです」

「あ……」

慌てて否定しようとしたが、否定はできないと気付く。花を贈られて、迷惑だとは言えない。しかしありがとうと言えば、あの花言葉を喜んでいるように聞こえる。

なんと計算高い、贈り物だろうか――。

フランツはクリスティーナの動揺さえ分かっている顔で、愉快気に窓の外に目を向けた。

「私はアジサイが好きなのです。土によって色を変えるでしょう。まるで、女性のようだと常々思っていました」

「そう、ですか……？」

女性は皆、『移り気』だとでも思っているのだろうか。意図が分からず見上げると、彼の瞳が、まっすぐに自分を見下ろしていた。どきりと心臓が跳ね、怯《ひる》んでしまう。

「ええ。恋人によって、女性の雰囲気は変わります。恋人が派手好きであれば、鮮やかな色のドレスを好み、恋人が厳格であれば、楚々《そそ》としたドレスを選ぶ」

「……そういう方も、いらっしゃるでしょうね」

クリスティーナは半分同意して、怯《おび》えを見せないよう、窓の外に目を向けた。クリスティーナの場合、ドレスの好みは恋人ではなく、異世界の知識を得てから変わった。

フランツは笑みを深める。クリスティーナの反応を楽しんでいる表情だった。

「貴方《あなた》の場合は、どんな衣装を身に着けられても、お美しい。だから誰も、貴方の衣装に注文は付けない」

「……お上手ですこと」

褒められて嫌な気持ちにはならないが、相手がフランツだと、反応に困った。含みがあるように思ってしまう。

フランツは明るく肩を竦《すく》める。

「お世辞ではありませんよ。それにアジサイは、私の仕事にも通じる。衣装の流行は移りゆくものですからね。じわじわと、しかし確実に変わっていくドレスの色や型を見ていると、花開き、染まりゆくアジサイと同じだと思ってしまうのです」

「そうですね……」

「あなたのお気持ちも、同じように変わってしまえばよいのに、と思っていますよ」

「え……？」

一瞬言葉の意味が分からず、聞き返した時、彼が指を鳴らし、強く手を引いた。目の前で、琥珀色の瞳が、宝石のように輝いた。

「楽曲が始まりました。ご一曲お願いいたします」

「――待……っ」

この誘いに乗ったら、一曲目をアルベルト以外の男性と踊ることになる。それは、どう見てもアルベルトとの不仲を疑われる行為だった。

フランツは目を細め、柔和に笑う。

「こんなに混雑した会場の中から、殿下を探すのは大変でしょう」

会場に目を向けると、先程とは雲泥の差で、数多《あまた》の客が入り乱れていた。男性に手を引かれ、色とりどりのドレスを着た女性が、笑いさざめく。アルベルトがいたはずの会場の一角も、踊る客に隠れ、見えなくなっていた。

「端の方で踊りますから、誰にも気づかれません」

「でも……っ」

ふふ、と笑いながら、フランツはクリスティーナの腰に腕を回した。足に力を入れて拒否しようとしたが、彼の力は想像以上に強かった。強引に引き寄せられ、クリスティーナはあっという間に捕らわれる。

お願いやめて、と目で訴えて、クリスティーナは息を呑んだ。いつか見た、熱のこもる眼差しが、自分の瞳を、頬を、そして肩から胸元までをなぞっていく。まるでそれら全てを、触られたようだった。

「……おやめください……」

――そんな目で、見ないで。

恥辱に打ち震えるクリスティーナの耳に、触れるほど近く唇を寄せ、彼は低く囁《ささや》いた。

「貴方は本当に……美しい……」

クリスティーナは、辱められる自分に耐えられず、ぎゅっと目を閉じるしかできなかった。

# 3

シャンデリアの輝きを反射して、銀糸の髪が煌めく。艶《つや》やかな髪が弧を描き、呼吸のために果実のような唇がうっすら開くと、その妖艶《ようえん》な色香に男たちは嚥下《えんか》した。細い腰に腕を回す相手に、羨望《せんぼう》と嫉妬の入り交じる眼差しを向けた彼らは、おやと眉《まゆ》を上げる。

彼女の髪色によく似た、珍しい布地を使ったドレスは、最新のデザインだった。大きく開いた襟ぐりから覗《のぞ》く肩は細く、すらりと長い腕は人形のごとく形よい。音楽に合わせ、優雅に一回転すると、ドレスの裾《すそ》にたっぷり重なったレースが、花びらのように開いた。本日も淑女の見本のような、綺麗《きれい》なダンスを踊る彼女に見惚《みと》れた女性陣も、そのお相手に気付くと、あら、と声を漏らす。

社交界の流行を作り出す、ザリエル公爵の愛娘が、一曲目を婚約者以外の男性と踊っていた。

宴の主催者だからだと簡単に納得する人もあれば、邪推する人もいる。それぞれがさざめきの中、聞こえぬよう答えを探して、彼女の婚約者を探した。

クリスティーナは眩暈《めまい》を起こして、倒れてしまいそうだった。フランツは、確かに端の方で踊ってくれている。しかし目立たないなんて無理だ。クリスティーナの顔は、社交界に出入りする貴族全員が知っているし、この銀髪が目に入るだけで、皆、振り返る。

ノイン王国では、銀髪の人間が滅多にいなかった。銀髪は総じて、ザリエル公爵家の血筋をイメージさせ、通り過ぎるだけで注目を集める。

ホールで踊る人々は、互いの相手と話しているようだったが、クリスティーナは自分に注がれる視線を痛いほど感じた。

強引にダンスを求めたフランツが、悪びれない笑顔で、うそぶいた。

「貴方の人気を、少々軽んじていたようですね」

「……もう、遅いですわ……」

せめてもの救いは、アルベルトが傍に居ないことだ。彼は今、どこに居るのだろう。

アルベルトの優しい腕の中が恋しくて、会場を流し見たクリスティーナは、どこにも彼の姿を見つけられなかった。彼も一曲目を他《ほか》の女性と踊っていたりするのだろうか。

それがもしも、クララだったら――運命だったのだと諦めるしかない。

深く溜息《ためいき》を零《こぼ》し、気持ちの涼を求めて会場の外――アジサイの庭園に目を向けた時、クリスティーナはステップを忘れた。

「おっと……っ」

立ち止まりそうになったクリスティーナの腰を、フランツが慌てて引き寄せる。転ぶよりはマシだったが、クリスティーナは転んだほうがマシだった。そこだけを見た人には、抱き合っているように見えてしまうだろう。クリスティーナのダンスが、急速に精彩を欠く。

動きが鈍くなったクリスティーナを訝《いぶか》り、フランツも庭園の方に目を向けた。彼の体が一瞬、痙攣《けいれん》した気がした。

フランツはすぐに緊張を解き、軽く笑いながら視線を戻す。

「……なかなか、面白い面子《メンツ》ですね……」

「…………」

――面白くなんてない。

クリスティーナの全身から、体温が失われていった。冷え切った体は、熱くもないのに汗を滲ませる。

庭園前の壁際で、アルベルトがワイン片手に二人を見守っていた。

――その傍らに、赤銅色の髪の青年と、黄金の髪の少女を置いて――。


一曲目が終わり、二曲目へと移るざわめきの中、クリスティーナは必死に考えを巡らせた。このまま何も見なかった振りをして、逃げ出してしまいたい。しかしアルベルトとは目が合ってしまっていた。

でも、クララの傍に寄って行ったりしたら、きっとシナリオが動いて、運命が動き出す。

――クララ……。

クリスティーナは生唾《なまつば》を飲み込み、エミールの隣にいる美少女を確認する。

輝く青い瞳。艶やかな紅を引いた唇に、無垢《むく》な白い肌。彼女は胸の前で両手を合わせ、期待に満ちた笑顔でこちらを見つめる。

可愛らしいレースと宝石を使った髪飾りを使い、オーソドックスなピンクのドレスを身につけた天使が、クリスティーナの目には、悪魔に見えた。

黒い羽根を背中にいただく、魔界の使者――。

――逃げよう。

クリスティーナは己に言い聞かせた。どんなに無様でも、ここは格好をつける場面じゃない。クララの傍にだけは、近寄ってはいけない。

逃げ道は二つだ。フランツを誘って、もう一曲踊りながら距離を取るか、一目散に会場の外に駆け出すか――。

前者は恋仲と噂《うわさ》されてはたまらないので、却下だ。では、後者よ――！

クリスティーナは、アルベルト一行に、くるりと背を向けた。

お友達を探すといえは、言い訳は立つ。シンディかエレーナが、きっとどこかにいるはずだ。

フランツへの挨拶もそこそこに、クリスティーナは会場の反対方向へ向かおうとした。刹那《せつな》、クリスティーナの二の腕を、何者かががっちりと掴んだ。

「――！」

悲鳴こそ上げなかったが、恐怖に凍り付いた顔で振り返ったので、効果は同じだっただろう。クリスティーナの二の腕を無造作につかんだ相手は、輝かしい笑顔で低く呟いた。

「どこへ行くんだい……可愛い人。まさか僕から逃げようなんて、考えていないよね……？」

不機嫌なオーラを放つ、ノイン王国王太子が、そこにいた。

じわ、と涙が滲んだ。

——貴方じゃなくて……貴方の傍にいる子から、逃げたいのに……。

アルベルトが内実に気付くはずもなく、クリスティーナは、ずるずるとエミールとクララの元へ引きずって行かれた。

終わりの時は、すぐ傍に忍び寄っていた——。


「素敵でした！」

純粋培養の無垢な天使さながらに、クララが拍手を送ってくれる。エミールは笑顔でクララを見つめ、その様子をフランツが面白そうに見ている。アルベルトは若干冷めた眼差しで、フランツに笑いかけた。

「見事なダンスでしたよ、フランツ殿。私の婚約者が少々ステップを乱したようで、申し訳ない」

「とんでもございません。クリスティーナ様と一曲お相手いただけただけでも、幸甚《こうじん》です」

腰に回ったアルベルトの腕が、拘束具のように感じられた。決して離れない頑丈な縄を腰に回され、クリスティーナは力なく俯《うつむ》く。

——お酒を、飲まなければきっと大丈夫……。

アルベルトの手には、真《ま》っ赤《か》なワインがあった。彼の傍にある机の上には、軽食が並ぶだけで、飲み物は見当たらない。飲み物は全て、給仕から貰《もら》うのだろう。盆にグラスを並べた給仕が、会場中を歩き回っていた。

　クリスティーナの耳元で、アルベルトが呟く。

「何か飲む？」

　ちょうどフランツが、給仕に手を上げ、飲み物を運ぶよう合図したところだった。

　アルベルトの低い声に、恐怖か快感かよく分からない寒気を覚えつつ、クリスティーナは首を振る。

「いいえ……喉《のど》は渇いておりませんので」

　喉はカラカラだ。今なら果汁を絞《しぼ》ったソフトドリンクを、一気飲みできるだろう。しかし些細《ささい》な可能性から回避しなくては、アルベルトに失望されるエンドが待つだけだ。

「……」

　アルベルトの眼差しが、伏せた瞼《まぶた》に注がれた。もの言いたげに見つめられても、クリスティーナはだんまりを貫く。一曲目をアルベルトと踊らなかった理由を問うているのは分かるが、フランツが目と鼻の先にいて、何も言えないのだ。

　アルベルトは、こつり、とグラスを机に置き、おもむろに腰に回した腕に力を込めた。

「……っ」

　彼は、ぐい、と物言わぬクリスティーナを、壁際まで連れて行く。エミールやクララが何事かと視線を向けているが、アルベルトは周りを気にせず、クリスティーナを壁際に追いやった。

　クリスティーナの目の前に立ちふさがり、無言で見下ろしてくる。

「……あの……アルベルト様？」

いつまでも黙っていられず、根負けしたクリスティーナは、アルベルトの顔色を窺《うかが》った。何もかもを飲み込みそうな、深い闇色の瞳が、ひたと自分を見据えている。

「……フランツ殿を探しに行ったのかい？」

「え？」

二人にしか聞こえない声で繰り出された、質問の意味が分からず、首を傾《かし》げた。アルベルトは感情の見えない表情で淡々と言う。

「僕の元から離れたのは、フランツ殿を探しに行ったからなのかと聞いているんだよ」

クリスティーナは目を丸くして、さっと顔色を変えた。アルベルトがいるのに、他の男を探して歩くなんて、明らかに浮気だ。アルベルトにとっては、一曲目を他の男と踊った時点で、その可能性を除外できなかったのだろうが、言葉になどして欲しくなかった。

君はふしだらなのかと尋ねられ、笑顔になれる女性がいたら、見たいものだ。

クリスティーナはアルベルトを睨《ね》めつける。

「私を、そんな女性だと思っていらっしゃったの？　私は……」

気分が悪くて歩いていただけだとは、言えなかった。アルベルトが顔の横に片手をつき、顔を寄せて来る。怪しげな笑顔を浮かべた、端正な顔が目の前に迫った。

「……あ、アルベルト様……？」

「どうして怒るの……？　僕を差し置いて、他の男と一曲目を踊ったんだ……。それくらい、考えてしまってもしょうがないだろう……？」

「あれは……っ」

フランツが強引にホールに引いて行ったから——と言おうとしたが、クリスティーナは口を引き結ぶ。小声なら聞こえないくらいの距離を置いていたはずのフランツが、他の招待客に声をかけられ、意外な程近くにいた。

アルベルトは、口ごもったクリスティーナを鼻で笑う。

「否定しないんだ……？　……悪い子だね……どうしてくれようか」

クリスティーナの耳元に唇を寄せ、低く呟く。

「このまま、ここで君に口づけようか。いつもみたいに、君が乱れるまで、深く……」

「アルベルト様……っ」

クリスティーナの腹を、大きな手のひらが撫《な》で上げ、ぞくりとした。宴の席で口づけする人は、滅多にいない。よほど互いに燃え上がっている人くらいだ。それだって、ただ唇を重ねるだけで、アルベルトがいつもするような深い口づけは、絶対に人前ではしない。

耳に、アルベルトの唇が触れる。

「嫌なの……？　では、彼を殺してしまおうかな……」

「……駄目ですっ」

あり得ないとは分かっていても、冷えたアルベルトの声が本気に思え、クリスティーナは強く否定した。アルベルトは一瞬、真顔になり、次いで、にこりと笑んだ。

彼は、得体の知れない笑顔で、傍近くを通り過ぎた給仕に手を上げる。給仕の盆からとったワイングラスを、クリスティーナに差し出し、優しい声で提案した。

「……では、誤って酒を飲んだ君を連れ帰ることにしようか。僕はもう、この宴に興味はないからね」

「……」

クリスティーナは、小さく息を呑んだ。赤い、ワインだ。拒否しようにも、強引に指を開かされ、グラスを持たされた。指先が、震える。

アルベルトが怒っている。こんな提案は、普段なら決してしない。フランツに嫉妬し、苛立っているためだと分かるからこそ、クリスティーナは判断を迷った。

飲まないだろうと高を括って、意地悪をしているのか——本気なのか。

耳元で、アルベルトが甘く囁く。

「大丈夫だよ、クリスティーナ……。白よりも、少し飲みにくいかもしれないけれど、一口ぐらいなら飲めるよ……。気分が悪くなったら、介抱してあげる……」

その瞳を見返し、クリスティーナは身動きを忘れた。

——本気だ。

クリスティーナを逃さない、強い眼差しが、まっすぐに注がれていた。

それでも、クリスティーナは行動を迷う。以前、一度は飲んだが、あの時は自暴自棄になっていて、後先など考えもしなかった。しかし今は、冷静に状況を考えられる。いくらアルベルトの勧めであっても、ザリエル公爵の娘が、未成年でありながら酒を飲んだりしたら、父が困らないだろうか。

震えながら考え込んだその空白が、駄目だったのだろう。

場の空気を読まない、愛くるしい声が、二人の間に割って入った。

「お二人だけでお話しなさらないで、私たちともお話ししませんか？」

アルベルトが振り返る。クリスティーナは絶望的に、会場に耳を澄ませた。楽曲が、変わる。次の曲が、始まってしまう。

光り輝く黄金の髪を揺らめかせ、可愛らしいクララが、あ、と眉を上げた。

「曲が始まりますね！　私と一曲いかがですか、アルベルト様？」

「――――」

クリスティーナの顔が、悔《くや》しさと苦しみで、歪《ゆが》んだ。

アルベルトはにこやかに微笑み、クララを見下ろす。クララはあろうことか、甘えた仕草で、アルベルトの袖口《そでぐち》を指先で摘《つ》まんだ。あり得ない態度だった。王太子に対し、不躾《ぶしつけ》にすぎる態度を取った彼女に、アルベルトは眉一つ動かさない。その口が、彼女の誘いを受ける言葉を吐くのさえ、聞きたくなかった。

私の――私の、婚約者なのに。

ワインをかけてしまいたい。けれどかければ、きっとアルベルトは自分に失望する。

我慢して――。彼が今、クララを選んでも、私は我慢しないといけないわ――。

そう歯を食いしばった時――とん、とクリスティーナに誰かがぶつかった。壁際の、誰も通り過ぎる筈《はず》がない場所に立っているのに。

クリスティーナの手が、傾いだ。ぶつかった相手を振り返り、クリスティーナは目を見開く。亜麻色の髪が、艶やかに揺れた。琥珀色の瞳をやんわりと細めたフランツが、自分を見下ろしていた。

「な――っ」

「きゃあぁ！」

会場に、押し殺した驚愕《きょうがく》の声と、甲高い悲鳴が響き渡る。

クリスティーナは、呆然と二人を見返した。アルベルトの手が、赤く染まっている。衣装にもワインはかかったのだろう。彼の袖口からしとどにワインが垂れ落ちていた。

守られる形で、アルベルトの背後にいるクララのドレスは、無事だ。

――終わったわ……。

すう、と後頭部から血の気が失《う》せていった。会場中が猜疑《さいぎ》の眼差しを、クリスティーナに向けている。アルベルトと仲睦《なかむつ》まじいと噂になっているクララ。その彼女を庇っているアルベルト。二人にワインをかけたであろう、空になったグラスを持つ公爵令嬢。

――舞台は、完璧《かんぺき》に整っていた。

クリスティーナの全身が、抑えようもなく震えた。

アルベルトが眉根《まゆね》を寄せる。その形よい口が、動いた。

「君――」

『君には失望したよ』

そのセリフだけは、聞きたくなかった。クリスティーナの震える手から、ワイングラスが滑り落ちる。グラスが砕け散る音に、アルベルトが気を取られた瞬間、クリスティーナは背を向けた。

「クリスティーナ！」

名を呼ばれても、振り返れるはずがない。クリスティーナは涙を零しながら、逃げ出した。目の前にあった扉を開き、庭園に逃げ入る。

「嫌だ……いやだ……っ」

熱い涙が、頬を伝い落ちる。聞きたくない。何も聞きたくない。

うわ言のような言葉が、とめどなく口から零れた。

こんなはずじゃなかった。取られたくなんてなかった。上手《うま》く立ち回るはずだったのに、どうして――！

誰にも、こんな自分を見られたくない。

嫉妬に狂い、クララにワインをかけた公爵令嬢は、用済みだ。社交界という舞台から、クリスティーナは葬り去られるのだ。

彼の傍にいるために、学び続けたこれまでも、築き上げた信頼も失い、父の権威に傷をつけ――愛《いと》しい人を、あの少女に奪われるのだ。

「……いやだ……こんなの、ない……」

クリスティーナは人目を恐れ、闇《やみ》に向かった。伯爵邸の庭園には、各所に灯火《ともしび》が用意されていたが、一歩道をそれれば、深い闇が至る所にある。整然と整えられた通路の死角――濃密な暗闇《くらやみ》の中に、クリスティーナは自ら身を隠した。

# 4

衛兵が、庭園を行き来する音が聞こえた。クリスティーナを探しているのだろう。伯爵邸の建物と、アジサイの間に座り込んだクリスティーナは、自分がどこに居るのかも分からなかった。ただ真っ暗な闇に身を潜ませ、声を殺す。涙は勝手に頬を伝い落ち、地面に染《し》みを作り続けていた。

今頃《いまごろ》アルベルトは、クララを慰めているのだろうか。

想像するだけで、嗚咽《おえつ》が漏れそうだった。声を漏らすまいと力を入れた喉元に血が集中して、呼吸が苦しい。あちこちに灯火を持った衛兵がうろつき、震える体が、何度も怯えた。彼らに見つかれば、アルベルトの元へ連れていかれ、破談を突きつけられる。

クリスティーナは泣きながら、逃げ道を考える。いつまでもここに居るわけにはいかない。しかし、出ていく方法が分からなかった。庭園は衛兵がうろついているし、どうやって人目を避け、伯爵邸から出て行けばいいのだろう。あれほど派手に注目されては、会場にも戻れない。

ぽたぽたと涙を零し、クリスティーナは空を仰いだ。熱を持った溜息が、口から洩《も》れる。丸い月が輝く満天の星空が、天上を覆《おお》っていた。

クララにとって、最良の日だ。天も祝福の流れ星を落とすだろう。

「……見つけた」

笑い含みの声が、茂みをかき分ける音と共に聞こえた。

クリスティーナは、疲れ果てた気持ちで、声の主を見返す。嬉しくもなんともなかった。彼は人好きのする笑顔で、アジサイをかき分けてやってくる。

月明かりを受けて、琥珀色の瞳が一際美しく輝いた。

「フランツ様……」

「こんなところに隠れていらっしゃったのですね、姫君」

芝居がかったセリフだ。クリスティーナの目の前に屈み、当然のように頬に触れて来る。お労《いたわ》しいとでも言いた気な態度が、腹立たしかった。

クリスティーナは顔を背け、彼の手から逃れる。

「──触らないで」

「おや──」

意外そうに、彼は動きを止めた。しかし声は、楽しそうだ。クリスティーナの一挙一動が、面白おかしくてたまらないという、彼の気持ちをひしひしと感じた。

クリスティーナは、恨みがましく彼を睨《にら》む。可能な限り、最悪の結末を避けようとしてきたのに、全てをシナリオ通りに仕向けたのは、彼だ。

「あの時、わざと私にぶつかられた……？」

フランツは穏やかな表情でクリスティーナを見下ろし、笑み崩れる。

「……気付かれたのですか？　深窓のご令嬢なら分からないだろうと思ったのですが……意外に、人を疑うこともできるのですね」

あまりの言葉に、クリスティーナは口を開けた。唖然《あぜん》と見返すと、フランツが顔を寄せて来る。

「驚いた顔も可愛らしいですね、クリスティーナ様……。一目見た時から、貴方が欲しいと思った」

「――え？」

クリスティーナの耳元に顔を寄せ、吐息交じりに告げる。

「言ったでしょう？　テラスで貴方を見たあの夜、運命の人に出会ったと思いました……。すぐに貴方が王太子殿下の寵姫《ちょうき》だと気付き、納得もしましたがね」

「……」

触れそうな程近くに、彼の鼻先があった。近すぎだと思い、離れようとしたが、背中に逃げられるような隙間《すきま》はない。建物に背を押し付け、クリスティーナは瞬《まばた》いた。いつの間にか、顔の両脇《りょうわき》にフランツの腕があり、彼の腕の檻《おり》に捕らわれていた。

「あの……」

「徐々に貴方を落とそうにも、挙式まで日がなかったもので……少々強引に出てしまいました」

クリスティーナとアルベルトの挙式は、クリスティーナの誕生日に執り行われる予定だ。すでに九ヶ月を切っている。

ぱちりと瞬いて、フランツを見返す。優しそうな笑顔ばかり浮かべる彼が、にぃ、と意地悪に笑った。

「殿下に横恋慕をしている、クララ様に酒をかけさせたくらいでは、殿下はあなたを諦めてくださらないようだ。だから今、証拠を作ろうと思います」

「……証拠……」

ぽろりと呟いた唇に、吐息が触れた。はっと顔を背けると、顎《あご》を掴まれる。恐怖と共に見返した彼は、獲物を捕らえた、恍惚《こうこつ》の笑みを湛《たた》えていた。

「力の差は……神からの祝福のようですね……」

「お待ちくださ……っ」

フランツの手から逃れるために、彼の腕に両手をかけるが、がっしりとした腕は微動だにしなかった。いつの間にか止まっていた涙が、また溢《あふ》れる。

「待って……！　お願い、やめて……っ」

「もう私と二人きりですよ。もはや貴方に、言い逃れなどできない」

その通りだ。暗闇の中、未婚の男女が身を隠すように居るだけで、十分に問題だった。無理やりでも、口づけなんてしている場面を招待客に見られれば、完全なる証拠になる。

王太子の婚約者が、別の男と口づけていた。それだけで、十全な婚約破棄の理由だ。

「……やめ……っ」

フランツの肩を押すと、手首を掴まれた。それだけで、ざあ、と全身を恐怖が駆け上る。身動きを奪われることが、これほど恐ろしいことだとは思わなかった。アルベルトの腕の中とは、絶対的に違う、悪寒《おかん》。

「――いやぁ！」

「……つっ」

クリスティーナは生まれて初めて、無茶苦茶に暴れた。ヒールに感じた、フランツの腹の感触に、戦慄《せんりつ》する。無我夢中でもがいた足が、偶然腹に入ったのだ。フランツは痛そうに顔を顰《しか》め、クリスティーナの足首を掴んだ。

「どうやら……口づけだけで、我慢しなくてもいいようですね……」

フランツは、掴んだクリスティーナの足を外側に開いた。足の間に体を押し込まれる。

「──や、や……」

首筋に、フランツの唇が触れた。

「いい案です……私も楽しめるうえ……穢《けが》してしまえば……確実に貴方は、王太子妃として迎え入れられない」

「……う……」

──やめて。こんなのは、耐えられない……。

アルベルト以外の異性に、触られている。クリスティーナには、死をイメージするほどの、凶行だった。

がくがくと震え、抵抗する力さえ失う。恐怖で凍り付いた体を、いいように触るフランツの口から、感嘆の声が漏れた。

「……なんて滑らかな肌だ……」

言葉でまで辱められ、ぽろぽろと涙が零れ落ちた。

私は、今日……死ぬのだわ──。

辱められる自分を見ていられず、クリスティーナは空を仰ぐ。

――お願い神様。一度でいいから、私を、助けて……。

刹那、ひゅっと、何かが空気を切り裂く音が聞こえた。同時に、銀色の光が一線、闇を切り裂く。

「――」

諸刃が目の前に突き立てられ、赤い飛沫《ひまつ》が散った。

「――手を離せ。さもなくば、その喉笛、ここで掻《か》き切る」

声だけで人を殺せそうな、どす黒い声だった。

闇の中から突然現れた彼は、漆黒の瞳を殺意に染めて、フランツを睨み据える。フランツの首筋には、鋭い剣が突き付けられていた。

「……」

フランツの口角が歪んだ。

全身から怒りを迸《ほとばし》らせるアルベルトが、フランツの後ろに立っていた。


漆黒の衣装に身を包んだアルベルトが、月を背に剣を構えている。

クリスティーナの体は、変わらず震え続けていた。しかし胸に、熱い体温が広がっていく。

――来てくれた……。

他の誰でもない、アルベルトが自分を助けに来た。その事実が、クリスティーナの緊張の糸を切った。

涙はとめどなく頬を伝い、美しいばかりだったクリスティーナの表情が、恥も外聞もなく、くしゃりと崩れる。

クリスティーナの無事を確認しようとしたアルベルトが、目を見張った。

「クリスティーナ――」

「……っ……」

クリスティーナは、時をおかず、声を上げて泣いた。子供のように、恐怖からの解放に泣き崩れる。

アルベルトが舌打ちし、背後に向けて声を張った。

「さっさとこいつを連れていけ！」

「――は！」

甲冑《かっちゅう》に王家の紋章をいただいている衛兵が、フランツを引っ立てていく。アルベルトはついでのように、剣を衛兵に押し付けた。

「これも、もういらん。持っていけ」

クリスティーナは気付かなかったが、衛兵の腰に下げた鞘《さや》は空っぽだった。武装していなかったアルベルトは、衛兵の剣を奪って、フランツに突き付けていた。

両手で顔を覆い、むせび泣くクリスティーナの肩に、温かな手が添えられる。手のひらは、そのまま背中を優しく撫でた。

「……大丈夫だよ、クリスティーナ……。……一人にして、ごめん……」

「……っ」

クリスティーナを気遣う声音に、更に涙が込み上げる。アルベルトの長い腕が、ぎゅっとクリスティーナを抱きしめた。

「ごめんね……あんな意地悪をするべきじゃなかった……」

フランツに嫉妬して、意地悪な提案をしたばかりに、クリスティーナを怯えさせたと、アルベルトは謝罪する。

「ごめん……どうしても、君をここから連れ出したかったんだ……」

頭に押し付けられた彼の額が、匂《にお》いが、たまらなく愛おしかった。

「ごめんね、クリスティーナ……」

「……っ……わざとじゃ、ないの……」

「……ん？」

穏やかな声で尋ね返し、クリスティーナの頭を撫でる。嗚咽が止まらなくて、苦しかった。

「……ごめんなさい……。……っ……あの子に意地悪をしたかったわけじゃ……ないの……」

――信じてほしい。

あの子《クララ》は好きじゃない。アルベルトに近づく彼女が、目障りで、疎ましかった。でも、あの子に嫌がらせをするのだけは、矜持《きょうじ》が許さなかった。自分は決して、そんな人間にならないと、己を戒めて来た。だから――。

「おねがい……私を、嫌いにならないで……」

「…………好きだよ」

微かな、声だった。クリスティーナは、視線を上げる。

瞳を潤ませたアルベルトが、泣きそうな顔で笑った。

「君が泣くと、僕も悲しくなってしまうよ……クリスティーナ。何を怖がっているの……？　僕はいつだって、君しか見てこなかったじゃないか」

「……アル……」

唇が、震える。クリスティーナはただ眉を下げて、また涙を零す。クララが、怖かった。運命の後ろ盾を持つ彼女に、アルベルトを奪われるのが、死ぬほど恐ろしかった。泣き濡《ぬ》れた頬に、アルベルトが柔らかく口づける。

「お願いだよ、僕を信じてくれ……。世間が何を言おうとも……君のほかに、傍に居てほしい人などいないよ。僕は、君以外なんて考えられないんだ……」

「アル……」

アルベルトの瞳が、熱くクリスティーナを見つめた。

「ねえ、クリスティーナ……。生涯を通して、君一人を愛すると誓うから……。だからお願いだよ……もう、泣かないで……」

「……」

クリスティーナは、また顔を歪める。涙は、止まりそうになかった。アルベルトの肩に額を押し付け、嗚咽を漏らす。

「……ごめんなさい……」

――こんなに好きになって、ごめんなさい。

貴方以外なんて、考えられないの。一生、貴方の傍に居たいの。なんだってする。どんな努力も厭《いと》わないわ。だからお願い。お願いよ、神様――。

――どうかこのまま、私から彼を奪わないで。

「クリスティーナ……？」

謝罪したクリスティーナを、不思議そうに見下ろす。クリスティーナは、自分のために涙さえ浮かべてくれた、恋人に微笑んだ。

月明かりが差し込んで、染み一つない肌は、透き通るような白さになった。アメジストの瞳は、水面のごとく煌めき、それは、この世の者とは思えない、静謐《せいひつ》な美しさだった。

「お慕いしておりますわ……アルベルト様……」

アルベルトは、一瞬呼吸を止めた。そして、クリスティーナを抱き潰しそうなくらい、強く抱きしめ、掠《かす》れる声で、約束した。

「世界で一番、君が好きだよ……。僕は永遠に、君一人を愛すると誓うよ――クリスティーナ」

「――はい……」

クリスティーナは震える声で、頷いた。銀糸の髪が月明かりに煌めき、アメジストの瞳から涙が伝い落ちた。

アルベルトは、ゆっくりとクリスティーナの唇を塞《ふさ》いだ。

# 終章　運命　1

アルベルトは、クリスティーナをずっと抱きしめてくれた。抱きしめている間に、様子を確認に来た部下に何事か指示していたが、指示内容は意識できなかった。ただアルベルトの体温を感じ、溜息《ためいき》を零《こぼ》す。ふわ、と鼻先を掠《かす》めた香りで、剣を突きつけた時に散った飛沫が、ワインだったのだと気付いた。彼の袖口《そでぐち》は、クリスティーナが零してしまったワインをかぶり、濡《ぬ》れたままだった。

「落ち着いた……？」

「……はい」

そっと顔を覗《のぞ》き込み、微笑《ほほえ》みかけて来る表情が優しく、クリスティーナは小さく笑う。

さらりと揺れた黒い髪が、月明かりを反射した。彼の鷹揚《おうよう》な笑顔がとても頼もしく思え、クリスティーナは何度目か分からない、ときめきを感じた。立ち上がると、貧血でふらついた体を、アルベルトが申し訳なさそうに支える。

「ごめんね。本当は、抱き上げてあげたいんだけど……人目に付くわけにはいかないから」

「はい。大丈夫です……」

クリスティーナは、直《す》ぐに理解した。クリスティーナの髪は乱れ、ドレスは土で汚れている。そんな格好で抱き上げられていたら、襲われたのだと公言したようなものだ。アルベルトの部下はともかく、招待客の目に留《と》まり、傷ものだ、などと噂《うわさ》が広がれば、たとえ事実でなくとも、二人の婚約が流される恐れがある。王太子の婚約者は、清廉《せいれん》潔白であり続けなければならなかった。

アルベルトに手を引かれ、視線を巡らせる。衛兵たちは消え失《う》せ、庭園はほの暗く静まり返っていた。アルベルトに付いてほんの少し歩いたクリスティーナは、通路の向かいに人気を感じ、立ち止まった。屋敷の表側の方だろうか、柵《さく》が見える方向から人が二人、こちらに向かってきていた。

こんな姿を見られるわけにはいかないと、逃げ場を探そうとしたクリスティーナに、アルベルトが笑んだ。

「大丈夫だよ」

「……」

アルベルトの近衛兵なのだろうか。背丈からすると男性と女性に見えるが。

歩いてくる二人に目を凝らしたクリスティーナが、二人の顔に気付いた時、女性がぱっと顔を上げた。

「……お嬢さま……っ」

声を聞いた途端、クリスティーナは肩から力を抜いた。一緒に宴《うたげ》に来ていた、侍女のエティだ。きっちりと結い上げた栗色《くりいろ》の髪と、彼女のつぶらな瞳《ひとみ》を見ると、ほっとする。エティは傍《そば》近くまで駆け寄り、クリスティーナの頭から足先まで視線を走らせた。

「悪いが、彼女の衣服を整えてくれ。簡単でいい。直接外へ出るから」

しかしクリスティーナの惨状を見るなり、エティは顔を強張《こわば》らせる。間をおかずアルベルトに命じられ、びくりと背筋を伸ばす姿が、申し訳なかった。

「……畏《かしこ》まりました」

エティがドレスから土を落としはじめると、アルベルトはクリスティーナから離れる。

「頼んだよ」

「申し訳ありません、お嬢様……私が、お傍についていれば」

やはりショックなのか、エティの声は上ずった。クリスティーナもまだ動揺していたが、主人として穏やかに首を振る。

「大丈夫よ、エティ。下がっていてと言ったのは私だもの。それに殿下が、助けてくださったわ……」

クリスティーナの耳に、アルベルトのものではない、男性の声が届いた。

「――持ってきたけど……使うのか？」

アルベルトに対して、気の置けない話し方を許される、エミールだ。赤銅色の髪を少し乱した彼が、アルベルトに何か差し出す。クリスティーナは眉《まゆ》を上げた。それは、アルベルトが軍部で使っている長剣だった。王太子のために作られた剣で、鞘《さや》と柄《つか》に宝石の装飾がされている。長く使われてきた柄は摩耗して、鈍い光を放つようになっていた。

剣を受け取ったアルベルトは、鞘からすらりと剣を引き抜いた。

「使うよ。悪いけれど、鞘を持っていてくれるか、エミール？」

「……あ、ああ」

淡々としたアルベルトの声に、エミールが怯《ひる》んだ。クリスティーナも、戸惑う。その長剣を、何に使おうというのだろう。

クリスティーナの心を読んだように、振り返ったアルベルトは、とても優しく微笑んだ。

「ごめんね、クリスティーナ。帰る前に始末をつけなくてはならないから、少しだけ待っていてね」

「……始末……？」

ドレスを整えて、髪を結い直しはじめたエティの指先が、小刻みに震えていた。


「お嬢様、よしましょう……っ」

「——でも」

アルベルトは、エミールを連れて通路の先に歩いて行った。後を追いかけようとしたクリスティーナの腕を、エティが掴《つか》む。エティの怯《おび》えようは、クリスティーナの懸念を裏付けるだけだった。

動揺のあまり断片的にしか覚えていないが、確かフランツは兵に捕らえられていたように思う。アルベルトの言う始末が何なのか、想像はできても、どれが正解なのか分からなかった。

剣を使う——始末の方法。

「……でも、見ないと」

法治国家である、ノイン王国の王太子が、過ちを犯すはずがない。けれどどうしても、彼の傍に控えていたかった。いざという時は、自分が盾になってでも、彼を止めなくてはいけない。

クリスティーナはエティを引きずるようにして、アルベルトたちが姿を消した、館《やかた》の物陰へ向かった。

「……聞いてくれるかな？」

アルベルトの柔らかな声が聞こえ、クリスティーナは、アルベルトたちがいる場所から、少し離れた位置で足を止めた。

そこは宴会場に隣接した、煉瓦《れんが》造りの塔だった。その塔の外壁前に、フランツが立たされている。アルベルトは、フランツの両腕を近衛兵に捕らえさせ、彼の向かいに立っていた。アルベルトの傍らにはエミールと、複数の兵が待機している。

「……」

返事をしないフランツに、アルベルトは小首を傾《かし》げた。

「彼女の衣装をオーダーした時点で、己の立場をわきまえてくれるかと思ったのに……残念だよ」

フランツが、涼しい顔で応じる。

「……一週間でドレスを作れとのオーダーは、なかなか骨が折れました」

アルベルトは視線を落とし、剣の切っ先を指先で確認した。

「苦労を掛けてすまないね……。立場を嵩《かさ》に懸けて、無理強《むりじ》いをするのは好みじゃないのだけれど、君はどうも、彼女が誰《だれ》のものなのか分かっていないようだったからね……」

「それは申し訳ありません。欲しいものは手に入れないと、気が済まない性分でして。殿下以外の異性からは衣装を受け取らない、彼女の誠実さには、逆に己のものにしたい意欲が湧《わ》くばかりでした」

アルベルトが、鼻で笑った。ひゅっと剣を払い、突然、構える。

「え」

クリスティーナが手を伸ばす間もなかった。アルベルトの傍らにいたエミールも、フランツを捕らえている近衛兵も、微動だにしない。彼らは全てを無表情で見守り、アルベルトは、瞬《まばた》きの速さで、フランツの首に剣を突き立てた。

ぎいん、と金属音が上がり、火花が散った。クリスティーナは凍り付く。

いざとなったら——自分が盾になってでも、彼を止めなくては。

そんな真似《まね》ができる人間は、どこにもいなかった。彼には、一分《いちぶ》の隙《すき》もない。

アルベルトが、どすの利いた声で呟《つぶや》く。

「奇遇だな……私も、欲しいものは必ず手に入れないと、気が済まないんだ……」

「——」

フランツは、目を見開いていた。琥珀色《こはくいろ》の瞳が、ぎこちなく肩口に向けられる。アルベルトが、彼の肩口でくつ、と笑った。

「無駄に動くと、本当に首を切ってしまうよ、フランツ殿……」

「……」

フランツのこめかみを、汗が伝い落ちる。アルベルトは、彼の首筋に触れるか触れないかのぎりぎりを狙《ねら》って、剣を突き立てていた。漆黒の瞳が、殊更やんわりと細められる。アルベルトは、甘やかに囁《ささや》いた。

「さあフランツ殿。私のお願いを聞いておくれ……。——今夜のことは、なかったことにしてあげよう。だから君も、ありもしなかったことを、吹聴しないでくれるかい……？」

「………」

フランツは、ごくりと喉《のど》を鳴らした。アルベルトは、口角を上げ、とても美しい笑みを作る。

「私と彼女の婚姻に、無粋な噂話はいらないんだよ……フランツ殿。それに……宴はまだ始まったばかりだ。君も主催者として、生首で客を見送るのは、本意ではないだろう？」

アルベルトは、煉瓦に深く突き刺さった剣を、容易《たやす》く引き抜いた。首筋から剣がなくなり、フランツは静かに息を吐き出す。しかしアルベルトは容赦なく、安堵《あんど》した彼の鼻先に、勢いよく剣の切っ先を突きつけた。

「ひ……っ」

今度こそ堪《こら》えようもなく、フランツの口から悲鳴が上がった。アルベルトは彼の反応にも、無感動に冷えた眼差《まなざ》しを注ぎ、低く尋ねる。

「分かったかな……？　分別を失い、私を煩わせた君に、恩情をあげると言っているんだよ。……私の婚約者はとても魅力的だからね……。恋に落ちるのも、仕方あるまい。特別に、彼女に恋心を抱いた罪を許してあげる。だから代わりに、君もその汚らわしい口を閉じておくれ……」

頑《かたく》なに返答を避けていたフランツは、音を上げた。頰《ほお》を痙攣《けいれん》させ、目で頷《うなず》き返す。

「承知し……ました」

アルベルトは、にっこりと笑った。

「そう。分かってもらえて、嬉《うれ》しいよ。――もしも約束を違《たが》えたら、生きながら死に匹敵する拷問を施してやるから、楽しみにしておくといい」

「――」

アルベルトは満足げな笑顔で、エミールを振り返る。

「鞘をくれるかい、エミール」

「あ、ああ……」

若干その場の空気に呑《の》まれていたエミールが、自分の腰に下げていた鞘に手を伸ばした。鞘に意識を取られたその一瞬――剣が空気を裂く。

エミールの体が、条件反射で強張った。エミールの口から、戸惑いも露《あら》わに、怯えた声が漏れる。

「……ア、アルベルト……？」

アルベルトは、エミールの眉間《みけん》に剣を突き付けていた。エミールは鞘に手をかけたまま、身動きを許されない。眉間に突き付けられた剣は、少しでも動けば、皮膚を切り裂く位置にあった。

アルベルトは、冷え冷えとした瞳で、明朗に言い放つ。

「エミール。お前も、そろそろ『戯《たわむ》れ』を控えろ」

「……何の話だい」

示唆したものを理解しようとしないエミールに、アルベルトは目を眇《すが》めた。

「エミール。お前は、あの少女に愛情など持っていないだろう。あの子が他《ほか》の男とどんなに仲睦《なかむつ》まじくしようとも、お前は平気で笑っていられる。お前はあの子自身には、興味などない」

身に覚えがあるのか、エミールの瞳が揺れた。

「もの珍しさは、最初の一時だけだ。知ってしまえば、全ては珍しくもなんともなくなる。知識欲以外の何かを、あの子に感じているのならば、話は別だが――。エミール。彼女は我々の傍近くに置ける人物ではない。少なくとも僕は、これ以降、看過しない。この助言を聞き入れず、今後も僕を煩わせるのなら、覚悟をしろ」

エミールは、博識な青年だ。文学、経済学、交易学から農学まで、あらゆる分野に精通し、将来はアルベルトの右腕としての活躍を嘱望されている。

そんな彼でも、恋に落ちると変わるのだと思っていた。クララに対する彼の態度は、恋慕以外の何でもないように見えたけれど――。

エミールは、ぐうの音も出ない顔で言葉に詰まり、硬直したまま、弱々しく心情を吐露した。

「……すまない。最初は……好きだと思ったんだ……。可愛かったし……。途中で……自分の知識欲と愛情の混同には気付いたけど……俺《おれ》が経験できない話を全部聞くまではと……思って……」

「彼女ひとりが、民の代表ではないことくらい、分かるだろうが。市井を知りたいなら、機会をやる。だからもう、お前の名を汚《けが》す行為はやめろ」

エミールは沈痛な溜息を零した。アルベルトは呆《あき》れた溜息を吐き出し、鞘を受け取る。エミールはクリスティーナに目を向け、静かに頭を下げた。

「……」

「――二度はないからな」

厳しく言い放ち、アルベルトもクリスティーナを振り返る。そして彼は、クリスティーナと目が合うなり眉を上げ、慌てて駆けて来た。

クリスティーナは茫然《ぼうぜん》自失の状態で、立ち尽くすばかりだった。

# 2

幼少時代から、アルベルト一人に夢中になり、他の異性に興味を抱かない娘は、それはそれは不憫《ふびん》だったそうだ。自由に恋もさせてやれない己の職分を後ろめたく感じていた父は、結婚直前、最後のチャンスをあげたつもりだった。

自分を抱きすくめ、おいおいと泣く父をどうしたらいいのか分からず、クリスティーナはアルベルトに目で助けを求めてみる。アルベルトは、すっと視線を逸《そ》らした。

あれから、アルベルトは呆然《ぼうぜん》としていたクリスティーナを宥《なだ》め、馬車に乗せてくれた。馬車の中で、拷問云々はただの脅し文句だよと笑っていたが、あの時のアルベルトの目は本気だったと思う。

とりあえず、法治国家なので、法に触れるような行いはしないでくださいとお願いをして、家に戻り、現在二人は、ザリエル公爵の書斎に居た。

先にアルベルトの部下が、宴での一件を報告していたらしい。書斎に直接案内されたクリスティーナを見るなり、父は泣き崩れた。不機嫌な顔は見ても、泣き顔なんて初めて見たクリスティーナは、されるがまま、父に抱きしめられている。そして今回の宴を強要した理由を、初めて知った。

本当に王太子と一緒になりたいのか、今一度考えて欲しかったのだそうだ。

これまでは、アルベルトが娘を大事にしている様子だったから、強硬な手段をとらなかった。しかし結婚を目前にして、アルベルトの妙な噂が耳に入り、父は決断した。王太子は愛人（側室）を作る権利を持っているが、よもや愛人を囲うような男の妻になって欲しくない。責任感や、ただの情で結婚する必要はない。もしもフランツに好意を抱いたなら、何としてでも結び付けてあげようという、寛大な親心だった。

——実際には襲われかけたので、フランツの方がよっぽど悪い男だったが。

「すまなかった、クリスティーナ……」

とうとうと熱い親心を語られ、クリスティーナはぎこちなく父を宥める。何せ目の前に、当のアルベルトが薄く笑いながら佇《たたず》んでいるので、居心地が悪いったらなかった。

「大丈夫よ、お父様……。アルベルト様が助けてくださったもの。それに私、本当にアルベルト様をお慕いしているのよ……」

「……クリスティーナ……」

父は、なんと心美しい娘だとクリスティーナの頭を撫《な》で、何故《なぜ》かアルベルトを睨《ね》めつける。

「なぜ娘が襲われる前に、すぐ見つけていただけなかったのですか……」

アルベルトはやや顔色を悪くして、頭を下げる。

「申し訳ありません。宴の参加客に、彼女が手を滑らせて酒を零しただけだと、ほんの一言、説明している間に見失ってしまい……」

「何と不甲斐《ふがい》ない！　そんなことで我が娘、幸福にできるとお思いか！」

逃げ出したうえ、暗闇に隠れたのはクリスティーナの非なのだが、父は理不尽にもアルベルトを叱《しか》りつける。アルベルトは反論もせず、謝罪した。

「申し訳ありませんでした……。しかし僕は、愛人など作る気は毛頭ございませんし、終生、クリスティーナを守り、幸福にする所存です」

「アルベルト様……」

クリスティーナは素直に声を震わせた。しかし父は、まだ不満げに鼻を鳴らす。

「どこぞの小娘に現《うつつ》を抜かしているとの噂、本当に収拾されたのか」

アルベルトは真摯《しんし》に頷く。

「お聞き苦しい噂を流してしまい、申し訳ございません。噂に関しては、夜会に一人で参加し、僕の心はクリスティーナ一人のものであると、周知徹底いたしました。此度の一件も、招待客には伝わっておりません」

アルベルトへ矛先を向け始めた父の手が緩み、クリスティーナは解放された。そのまま、アルベルトの傍へ歩み寄る。

「……お一人で夜会に出ていらっしゃったのは、そのためでしたの……」

「まあ、君に会うなって言われていたから……どちらにしても、一人で行くしかなかったしね……」

アルベルトは目の前に来たクリスティーナを、意識もしていなさそうな動作で抱き寄せる。

仕事の合間を縫って何をしていたのかと思っていたが、アルベルトは一人、頑張っていたのだ。

しかしクリスティーナは、変だな、と首を傾げた。モルト家の宴では、皆がクリスティーナに猜疑の眼差しを向けていたように感じたのだが。そう言うと、アルベルトは嘆息した。

「気のせいだよ……。あの子が悲鳴を上げたから、みんなびっくりして振り返っただけだ。あの子は大げさだから、下手《へた》に振り払って騒動にならないよう、袖口を摘まれても我慢したんだけど……。

結局大声出されて、客に説明している間に、あの男に出し抜かれるし……。怖い思いをさせてしまって、本当にごめんね……」

アルベルトは疲労困憊《こんぱい》の表情で、クリスティーナとおでこを重ねる。

「なにをぼそぼそと話しているのです！　男子たるもの、いかなる時も毅然《きぜん》としていれば、あのようなだらしのない噂を流されずに済んだのですぞ！　聞いておりますかな、殿下！」

「はい、聞いていています」

アルベルトはクリスティーナを抱きしめながら、しぶしぶ父のお説教に耳を傾ける。クリスティーナはぼんやりと、怒れる父と恋人を交互に見る。そして、ふと気付いた。

「……服……」

異世界で見たエンディングでは、白色だったアルベルトの衣装が、エンディングを迎えたはずの今日――彼は、正反対の黒色を選んでいた。

クリスティーナは、瞬きを繰り返す。異世界でゲームをしていた彼女は、ハッピーエンドしかプレイしない。だからクリスティーナも、ハッピーエンドしか知らない。

だけど、ゲームの世界のハッピーエンドでは白だったアルベルトの服が、その真逆の黒なら――。アルベルトが、今夜の一件でクララではなく、クリスティーナを選び、衣装さえもハッピーエンドの真逆を選んだのなら――。

――これは、バッドエンドを迎えたという意味ではないだろうか。

「私がどれほど娘を大切に育てて来たかお分かりですか！　昔は私の嫁になると言って駄々をこねて

いたのですぞ……っ」

「はい……すみません……」

もはや何に対して怒っているのかよく分からない父に、アルベルトはただただ謝り続ける。八つ当たりも同然の、父のお説教に、彼は一つも文句を言わなかった。

アルベルトはいつも、身分を度外視して、クリスティーナの家族全員を受け入れてくれる。小さい頃から共に育った家族だと考え、執事のお説教さえ甘んじて受け入れた。

「どうかした……？」

じっと見つめていると、アルベルトが父には聞こえない声で、尋ねてくる。

クリスティーナは心の中で、神に願う。

──神様。どうかこれが、私にとってのハッピーエンドでありますように。

そして、鷹揚で優しい恋人に、目を細めた。

「……ありがとう、アルベルト様」

頑固な父や、運命に翻弄《ほんろう》されるばかりだった自分を諦《あきら》めず、ずっと大事にしてくれたアルベルト。

「ん？」

何のことかわからない、という顔をする彼が、とても愛《いと》しい。

──彼以上に素敵な人なんて、やっぱりいない。

クリスティーナは屈託なく、頬を染めて笑った。

「私は──アルが一等、大好きよ」

それは、二人が幼い頃に、繰り返し使った、拙《つたな》い告白。

アルベルトはぼんやりとクリスティーナを見つめ、それから目を閉じる。うっすらと頬を染め、アルベルトも、かつてと同じ告白のお返事をしてくれた。

「……僕も一等、君が好きだよ」

二人は視線を交わし、仲睦まじく笑い合う。

「何を仲良くしているのです……！　私の話はまだ終わっておりませんぞ！」

顔を上げたアルベルトは、とても穏やかに微笑み、クリスティーナも、にこにこと笑った。

# あとがき

はじめまして、鬼頭香月です。

『転生したけど、王子（婚約者）は諦めようと思う』をお手に取っていただきまして、誠にありがとうございます。

あとがきページというと、先に読まれる方と、後から読まれる方があると思いますが、本編内容に触れますので、読了後にお読みいただくことをお勧めいたします。ご容赦ください。

このお話は、『恋』を描こうと思って書きはじめた作品で、最終的に作者が今時点で考え得る限りの、『恋』と『愛情』を描いた物語となります。

恋心というのは、得てして難解なものです。

『大好き』という気持ちから始まり、それが時に『不安』や『疑い』に変わったり、『好き』なのに、自分の心を守るために『好きじゃない』と思ったり。

そんな揺れ動く心を抱えた、お年頃の女の子と、ちょっとだけ年上の男の子の気持ちを描いてみたつもりです。

今回のお話では、内実とはとかく伝わりにくいもの、として扱っています。態度で十分に理解してもらえる場合もありますが、やっぱり口にしないと、心は確実には伝わりません。頭の中は覗けませんから、致し方なしです。

だからちゃんと言葉にして、心をさらけ出して、本当に欲しいものがあるのなら、必死になって手を伸ばしてください、という気持ちで書いています。

さて、このお話のヒーロー。愛情表現がとっても大胆で、頭では相手を熱烈に想っているのに、なかなか愛の言葉を口にしません。各所で、言葉足らずです。

大切な人が自分の手からすり抜けてしまいそうだと気付いた、究極の場面でやっと、気持ちを吐露します。

彼の立場上、人前では言葉を選んで口を開かなければならない日常と、格好つけの性格が相まって、そんな感じになっています。ならば最後まで格好をつけそうなものですが、彼が失おうとしていたのは、彼にとっての、世界一の宝物です。出会った当初から大切に想い続け、慈しみ、彼なりに愛情を注いできた、たった一人の天使なのです。手放してなるものか、という必死さ、一途さ、不器用ながら、誰にも負けない彼の深い愛情が、伝わっていればいいなあと思います。

主人公であるクリスティーナについては、幸福になってほしいと思いながら、書き進めました。

年頃の女の子だからこそ揺れ動く、意地っ張りな気持ち。運命が決まっているのなら、きっちり諦めるわ、と鼻先をつんと反らしていても、内心では泣きべそをかいている彼女を、全部包み込んで、大事にしてほしい。

そして最後には、ちゃんと気持ちを言葉で伝えて、安心させてあげてください。

こんな感じで描いたお話です。（少なくとも作者の中では……）

物語の受け取り方は、千差万別です。

このお話をインターネット上で発表した際も、その反応は十人十色で、どきどきしながら皆様のご感想を読ませていただいていました。

ともあれ、時流に沿った、やや特殊な舞台のこの物語。作者の意図など関係なく、ただただ、皆様が少しでも楽しいひと時を過ごしていただけていれば、幸いです。


最後になりましたが、書籍化にあたり、お世話になった皆様にお礼を。

書籍化という大きな機会に、及び腰になっていたのですが、『大丈夫ですよ』と心広くGOサインと、的確なご指摘を出してくださったご担当者様。受賞時、書籍に必要な分量の約半分しかなかったお話でしたが、お陰様で『あ、いいんだ……』と、いつも通り楽しみながら、続きを描かせていただけました。ありがとうございました。

さらに小説を掲載する場所をご提供いただいた、ＷＥＢサイト運営様、とても美麗なイラストを描いてくださったイラストレーター様、長いタイトルを見栄えよく彩ってくださったデザイナー様、書籍化のチャンスをくださった一迅社の皆様。

実際には、もっと沢山の方のお世話になっていることと存じます。

この作品に関わられた全ての皆様に、御礼申し上げます。

またとないチャンスをいただき、本当に、ありがとうございました。

そして拙作を手に取り、最後まで読んでいただけた皆様に、心から感謝いたします。

自分が描いた物語を、自分以外の誰かに読んでいただけることを、何よりありがたく、そしてとても嬉しく思います。

未熟ではありますが、人を楽しませられる世界を作りたいという気持ちを胸に、今後も精進してまいります。

ではまた、皆様に物語をお届けできることを願って。

鬼頭香月

# 転生《てんせい》したけど、王子《おうじ》（婚約者《こんやくしゃ》）は諦《あきら》めようと思《おも》う

2016年2月5日　初版発行

初出……「転生したけど、王子（婚約者）は諦めようと思う」
小説投稿サイト「小説家になろう」で掲載

**著者　鬼頭香月**

イラスト　緒花

発行者　杉野庸介

発行所　株式会社一迅社
〒160-0022 東京都新宿区新宿2-5-10 成信ビル8F
電話　03-5312-7432（編集）
電話　03-5312-6150（販売）

印刷所・製本　大日本印刷株式会社
ＤＴＰ　株式会社三協美術

装幀　AFTERGLOW

ISBN978-4-7580-4782-1


Printed in JAPAN

おたよりの宛て先
〒160-0022 東京都新宿区新宿2-5-10 成信ビル8F
株式会社一迅社　ノベル編集部
鬼頭香月《きとうこうづき》 先生・緒花《おはな》 先生